JOSTEIN
GAARDER

苏 菲 的 世 界 系 列

傀儡师

DUKKEFØREREN

［挪威］乔斯坦·贾德 著

李菁菁 译

作家出版社

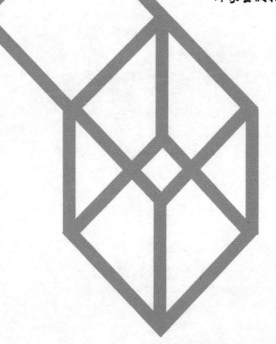

目录

✦

2013年5月　哥特兰岛

001

✦

2013年7月　罗弗敦群岛

195

2013年5月　哥特兰岛

亲爱的阿格尼丝，不知你是否还记得，我说过要给你写一封信，无论如何，我要试着把它写出来。

我现在坐在波罗的海的一座岛上，一张很小的写字台摆在我面前，上面放着笔记本电脑。电脑的右边，搁着一个大雪茄盒。这个雪茄盒中有支持我完成一切回忆的内容。

这间饭店的客房很宽敞。若我从房间中央的椅子上站起来，可以在松木地板往前和往后各走九步。在这个空间里，我可以一边踱步，一边思考如何向你讲述我的故事。若我绕过沙发，便可在一张很窄的柚木茶几和两个靠椅间，或是在同样狭窄的、书桌和红色沙发形成的走廊间来回走动。

这间客房位于饭店的拐角处，一面窗户朝北，另一面窗户朝西。透过朝北的那扇窗，我可以清楚地看到这座古老的曾在历史上结成汉萨同盟^①的城市，看到它那用饱含岁月风霜的石板铺就的街道。从朝西的窗户望出去，则可以看到榆树谷公园，还有远处的大海。今天的天气很好，我把两扇窗都打开了。

我已经在窗边伫立了半个小时，一直低头望着街道上来来往往的人。大部分人都穿着裙子和短裤，或是宽松的衬衫。他们大约是来过五旬节^②的游客吧。游客们大都成双成对，手牵手地走在路上，但时不时的，也会有几个吵吵闹闹的旅行团经过。

几个旅行团从我眼前经过后，我一直自以为我这个年纪的人远比年轻人安静的想法破灭了。中年人一旦成群结队出现，特别是几杯黄汤下肚后，那股喧闹劲儿可不是年轻人能比的。或许这是他们更人性化的一面？你看，他们一个个肆无忌惮地嚷嚷着："快看我！""你听我说！""我们现在不是跟过节似的吗？"……

人性是不会随我们一同成长的。我们只能随人性一同成长。而随着年龄的增长，人性将会在我们身上愈加清晰。

本书注释均为译者、编者注。
① 汉萨同盟："汉萨"，德语意为"公所"或"会馆"，最早是指从须德海到芬兰、瑞典到挪威的一群商人与一群贸易船只。它是十二至十三世纪中欧的神圣罗马帝国与条顿骑士团诸城市之间形成的商业、政治联盟，以德意志北部城市为主。十二世纪中期逐渐形成，十四世纪晚期至十五世纪早期达到鼎盛，加盟城市最多达到160个。
② 五旬节：即基督教的圣灵降临日，源自犹太人三大节期之一"七七节"，日期定在复活节后第50天。

我十分乐于俯视楼下的街道，这无形间拉近了我和街上路人间的距离。当然，我偶尔也会闻到从外面传来的气味，因为人类本身也是会散发出气味的，特别是在这样没有风且行人又摩肩接踵的夏日街道上。有时，我也会闻到路人手中的香烟味儿，那股烟味儿一直飘入我的鼻子里。我暗自享受着这一特权：藏身于一块蓝色的窗帘后，"光明正大"地"监视"我的"监控对象们"——路人，并且丝毫不会引起他们的注意，甚至不会有人抬头往上看。不过，若是突然有风将窗帘吹起，我的位置就暴露了。我确实很享受这种站在二楼窗前的"特权"——观察别人而不被发现。远方的海上有几艘帆船，我遥望着它们漂浮在波光粼粼的水面上。过去的半个小时里，我仔细地观察了这三艘船上的白帆。今日无风，并不是适合扬帆远航的日子。不过，今天的天气确实很好。

其实，现在不光是要庆祝五旬节，要知道，现在正是5月17日，是挪威的宪法日和国庆节。想到这里，我有些莫名的感伤，这种感觉好似在陌生人中偷偷地为自己庆生一般：无人对我说"生日快乐"，也无人为我唱生日快乐歌。

在这里，听不到有人唱挪威国歌，也看不到什么挪威国旗。但我注意到，我的房间里铺着的一块针织地毯，它洁白的颜色让我想起了格利特峰①。

---

① 格利特峰：挪威第二高峰。

再打量一番这间房，红色的沙发、白色的床单，还有天蓝色的窗帘，我意识到，这些都是挪威的颜色。

写到这里，我看了看今天的日期，发现距离我们上次在阿伦达尔的相遇已经过去一个月了。

就在上个月的同一时刻，再过几个小时，你就要见到佩勒了，我不得不说，你们两个之间确实很有共鸣。

我和你之前只见过一次面。我还记得，那是在2011年圣诞节的前几天。我要好好地谈谈我们第一次见面的背景故事。还记得，你当时让我解释我那时的行为。我一定要尽全力回答好这个问题。而且我也觉得现在是向你提问的最好时机。

那天下午，我闹了个大笑话，出了洋相，但你拉住了我，不让我离开那里。这件事至今都令我百思不得其解。我相信，那天和我们同桌的人都和我一样吃惊，他们都可以为我作证。我想，他们都和我有同样的疑问，那就是：你为什么要拉住我？为什么不干脆就让我离开呢？

可我又该从哪里开始讲起呢？我可以从哈灵达尔讲起，我在那里度过了我的童年。然后，我再继续按照时间的推移慢慢讲到今天的我。或者，我可以反过来：从我这几天在哥特兰岛上的经历讲起，然后倒叙至我们在阿伦达尔的相遇。接着，再继续追溯那个悲剧的下午。我知道，亲爱的阿格尼丝，那是你生命中最沉重的一天。最后，让我们一起回顾二十一世纪初埃里克·伦丁的葬礼。或许这样的讲述方式能够让故事在我的童年回忆中结束，给予它一个平和的结尾，让人更容易理解，而不是简单地写出宽恕的告白。

怎样才能清晰准确地理解与评判我们的人生？是该从一切事情的开端来看，还是专注于当下的某一天？后一种方法固然简单，因为所有的记忆都是新鲜的，但问题在于——人生中的一切事物并非拥有绝对的因果关系。人生无法后退，只能不断向前，而与此同时，我们还需要不断地作出各种关键性的抉择。

人为何为人，何以为人，这或许是无解的。我知道，很多人都在尝试着去了解这个问题，但除了在"人性"二字下画上两笔外，还不曾有人得到更多的答案。

我离开了窗口，那三艘帆船在这样无风的天气下是不会出海的。我突然产生了一个奇怪的灵感，它让我想到了我们三人：你、我和佩勒。佩勒是一定要包括在内的。

不好意思，此刻我的脑海中出现了一首小时候在周末学校学到的歌，我忍不住哼唱起来：我的船儿这么小，这片大海这么大……

我决定了：我要从中间开始讲述这个故事。故事就从我在埃里克·伦丁的葬礼上遇见你的表兄开始。然后，我会按照时间的发展顺序，一直讲到我们十年后的初见。关于我在哈灵达尔的沉重经历，将在另一顺序中展开。

我亲爱的埃里克，我们敬爱的父亲和岳父
我们伟大的祖父、外公和曾祖父

埃里克·伦丁

他出生于1913年3月14日，于2001年8月28日
在奥斯陆平静地离世

英格伯格

乔恩－皮特 丽莎

玛丽安娜 斯维勒

丽芙－贝莉特 特鲁尔斯

西格丽德、伊娃、弗莱德里克、图娃、乔金、米娅

曾孙和其他家庭成员

葬礼将于9月5日（星期三）下午14：00在西阿克尔教堂举办
欢迎大家到教区大厅参加埃里克·伦丁的追悼会

傀儡师

埃里克

2001年9月初的一个下午，我们一大群人前去参加了埃里克·伦丁的葬礼。这群人之中有你的表兄特鲁尔斯，这就是我为何要从这里开始讲述的原因。十年后，我将再次见到他和丽芙-贝莉特，以及他们的两个女儿。阿格尼丝，这也是我与你初见。

西阿克尔教堂里人头攒动，大家肩并肩地跟随着推棺材的车走到下葬的地方。教堂外，阳光穿过树叶，洒落在地上，也刺入了人们眼中。当然，对一些人来说，这是一个可以让他们戴上太阳镜的好机会。合唱团的音调依旧在人们脑海中继续，雄伟的小号独奏和管风琴醉人的声音不停地回荡着。

牧师将一抔土撒在棺材上，完成下葬仪式。之后，我们重新回到教堂继续参加追悼会。这个季节气候温和，室外气温大概在二十度左右。当太阳躲到云层后面时，我们能够时不时感到从峡湾和低地刮来的清爽的风。

在一个规模如此庞大的葬礼上，很容易忽视其中的某一个人，而这个人则会独自站在树冠下，不与任何其他亲属交流。葬礼的核心所在，是每一位参与者之间亲密的关系。但是，大家又如何能够注意到会有个别人孤零零地待在这里，且和逝者以及悲伤的亲属毫无关系呢？

我在墓地上碰到了一些人，我同其中一位点头致意，他曾是我的学生，但我和他并无深交，所以不必在意他。不过，我确实注意到了另外一个肤色较深、身形高大的男子，我之前见过他，并且遇到过他很多次，而他本不该出现在这里，他是一个"局外人"。我还曾经梦到过他。他的样貌让我联想到一柄大镰刀。

教堂前宽阔的广场上，人们互相挥手、拥抱、问候，并进行着自我介绍。一些年长的人已被专人引领着，先行一步坐到了自己的座位上。其余身穿黑色礼服的人们排成一条长长的队伍，从教堂所在的小山坡下开始，绵延而上，蜂拥着进入教堂。

至于我，则已下定决心继续参加后面的追悼会。因为葬礼请柬上清楚地写着："欢迎所有参加埃里克葬礼的人，继续参加他的追悼会。"我明白，这将带来"社交挑战"，但我已打定了主意。

步入教堂后，我选择了几乎是最前排的座位，在中心过道的右边。这样，我就能清楚地看到接下来的仪式，看到牧师和伦丁家族的四代家人们握手致意，其中有：第一代的英格伯格·伦丁，另外三个年纪在四十到五十岁之间的孩子，还有他们的配偶，他们的孙子孙女，以及曾孙子和曾孙女。

我试图从他们之中辨认出谁是玛丽安娜，谁是丽芙-贝莉特。我只知道玛丽安娜是年长的一位，而且这两姐妹之间有明显的年龄差距，所以这对我来说是一场轻而易举的"挑战"。丽芙－贝莉特应该四十岁出头，她的姐姐玛丽安娜则与我同龄，大概五十岁。乔恩－皮特，是她们的大哥，和丽莎紧紧地站在一起。可以明显地看出来，丽莎是这家的媳妇，因为除了她之外，乔恩－皮特、玛丽安娜和丽芙－贝莉特都是一头金发，且相貌相似，而丽莎则是一头黑发。当牧师前来和他们握手致意的时候，我看到玛丽安娜和斯维勒手拉手，紧挨着坐在一起。我还注意到了一个应该是特鲁尔斯的男子，他给丽芙－贝莉特递去了一块手帕。

我花了很长时间来辨认年轻一辈的子女，不过，在走出教堂之前，我已经大致掌握了他们的情况。我曾经在网上看到过伊娃和乔金的照片。如果我今天没有参加这场葬礼的话，我应该也可以在脸书（Facebook）和照片墙（Instagram）上面看到他们所有人的照片。但是，葬礼的请柬给我提供了一个关于他们年龄顺序的线索。因此，辨认出谁是西格丽德、弗莱德里克、图娃和米娅并非难事。西格丽德是第三代中年纪最大的孩子，快满三十岁了。她的怀里抱着一个三四岁的小孩子。坐在她身边的男子一定是孩子的父亲。那个看起来大约十五岁的女孩儿应该是米娅，她是伦丁家最小的孙女。乔金是倒数第二小的孩子。图娃可能比乔金大上几岁，是一个年轻的姑娘，因此，也能很容易地被认出来。

牧师还在继续和所有的亲人一一握手致意。但是，其余的这些人中，谁和谁是兄弟姐妹，谁又和谁是表兄弟姐妹？葬礼的请柬上没有提供答案。我对他们中的亲子关系也进行了一番猜测，而这些猜测将会在追悼会上揭晓。

今天这场葬礼的请柬放在我的衣服口袋里，上面印着一个巨大的圆圈，里面有曾孙们和其他亲友的名单。但是，我不知道孙辈中有多少人已经有了下一代，我也不知道这位老教授曾经见到过他们中的多少人。他可能有一个曾孙，也可能有很多个曾孙。世界上的很多语种中，会对这种情况进行语言上的区分。但是在挪威语中，对单音节的"屋（hus）"和"孩（barn）"这类中性单词没有区分，它们的非定指单数和复数形式是一样的。因此，我不能区分出此刻在教堂中，到底谁是谁的兄弟、姐妹、表兄弟、表姐妹、妯娌、连襟、侄子或侄女，无论是从挪威这边还是从瑞典那边，因为他们全部都被冠上了"其他亲属"这一名号。当然，我已经从葬礼讣告和牧师的悼词中获得了很多的信息，它们填补了我的一些信息漏洞：正如我怀疑的那样，西格丽德有一个快满四岁的儿子，叫莫滕，但是西格丽德和托马斯也有一个女儿，名叫米莉亚姆，她是伦丁家最年轻的一代。

牧师为这位瑞典的博士生绘制了一幅美丽的肖像。1946年秋，他乘坐火车来到奥斯陆，为了完成他的关于《埃达》①，以及基于马格努斯·奥尔森②长达半个世纪的挪威神话研究的学术科研工作，从而完成

---

① 《埃达》：两部冰岛关于神话传说文学作品集的统称，又称《伊达》或《伊达斯》，是中古时期流传下来的最重要的北欧文学经典，《埃达》有诗体和散文体两种，前者被称为《老埃达》，后者被称为《新埃达》。

② 马格努斯·奥尔森：Magnus Bernhard Olsen（1878—1963），挪威语言学家，《埃达》和古挪威语文字方面的专家，其主要研究理论包括地名与宗教社会环境之间的关系等。

其博士学位。他在这里遇到了英格伯格，两人建立了家庭。一开始，他是大学的研究员，接着成为了大学讲师和副教授，之后数年间一直是北欧语言学教授。我所代表的就是埃里克人生中的这一面。若我曾坐在他的课堂上，我将会向他提出关于家庭的问题，但我们多年来一直保持着一种"非正式"的联系，我们俩逐渐成为了我所说的"密友"。距离上一次见到他已经过去很多年了，而那也是我最后一次见到他。

我尽量不让自己成为被拉入教区大厅的第一拨人，但是我也不想加入最后一拨。就在我们排队进入大厅的时候，那个高个子、肤色较深的男子无意间瞟了我一眼，我下意识地迈开一步走到了旁边。这一行为的代价就是，我还是成为了最后一拨人中的一员。

我从衣帽间出来后，发现大部分人都围坐在长条桌边，他们身后的背景则是一些忙于为后面来到的人布置座椅的人。我记得，我当时有些无助地站在原地，而就在此时，图娃站起身来，代表他们全家走来询问我是否需要找到一个位置坐下。我已不记得我当时是如何回答她的，也不记得我当时是否无处可坐，但我记得那天我最后和一些年轻人坐到了一起。那张桌子上有图娃、米娅，她们坐在两边。还有伊娃，她坐在我的对角线上，弗莱德里克则和乔金坐在她的两侧，他们是伊娃的表弟，比她小几岁，不过相差不是太大。弗莱德里克是他们中最年长的，我很快便与他熟络了起来，了解到他是学法律的，另外乔金正在法格伯格高中念三年级。我还见到了西格丽德的兄弟，以及乔恩－皮特和丽莎的儿子们。坐在我右边的是丽芙－贝莉特和你的表兄，特鲁尔斯，你肯定和他很熟，所以不需要我继续多介绍下去了。我很快就意识到，他们是图娃和米娅的父母，而且在他们很小的时候，你就跟着他们了。我还注意到，你表兄额头的右边有一道旧伤疤，非常显眼，这让我立刻开始思考他身上曾发生过什么样的事情。十年后，你也会向我讲述关于这个故事更多的内容。

在此，我还要再啰唆一句。我当然明白，现在一下子给你介绍了太多的人，而且太多的人会让你感到无法同时记住。不过，你要知道，你将会和他们一一再次见面。在埃里克·伦丁的葬礼后的很多年里，我曾在很多个场合里数次见到过这位老教授的子女、孙子孙女，还有曾孙子曾孙女，虽然并非如这场追悼会一般，一下子见到所有的人，而是分别见到零零散散的几人。因此，你可以将这次的经历作为我介绍伦丁家族故事的第一章。我之后是如何以及为何会再次与他们相遇，且听我慢慢道来。我现在无须一口气全盘托出。当然，我也没法做到这一点。

让我再次全面地介绍一下伦丁家族，当然，这并非逐一介绍各个人物脸谱。或许通过特鲁尔斯这个名字，你可以一下子想起其他人的名字？让我来迅速地再次讲述一遍：埃里克·伦丁有三个孩子，分别是五十多岁的乔恩-皮特，他的两个妹妹，年近五十的玛丽安娜和四十多岁的丽芙-贝莉特。其他人的年纪排序在上面我给你看的讣告中。乔恩－皮特和丽莎有一个女儿，名叫西格丽德，还有两个儿子，分别是弗莱德里克和乔金。关于西格丽德，我会在接下来的故事中多次提到她。玛丽安娜和斯维勒只有一个女儿，她名叫伊娃，大约二十五岁。我最后提到的这三个人在我接下来讲述的内容中扮演着关键角色。我先不多说。你告诉过我你和丽芙-贝莉特的丈夫，也就是你的表兄特鲁尔斯的关系从儿时起就非常亲密。他的妻子后来也成为了你的朋友。还有他的两个女儿，图娃和米娅，你是看着她们长大的。在今年九月份你外公的葬礼举办时，图娃大约二十岁，米娅大概十五岁，关于这一点，你肯定记得比我清楚得多。

我注视着这场聚会，这里聚集着数百来号人。我从来都没有想过，或者说这并非我的本意，即在这场追悼会上和这些亲属走得这么近。我一直认为自己会被安排在那些零零散散的，如埃里克的同事所在的最远处的一桌上，桌上可能会有一个他的侄女，或者一个侄子，又或许一个亲友都没有。我不喜欢我现在所处的这种环境。我感到有些不舒服，整个人都很不自然。

虽然围坐在桌子两边的人都穿着黑色的衣服，但没有一位伦丁家人的穿着能够让我联想起维多利亚时代虔诚的教徒。有一位女士穿着做工精巧、用料别致的紧身衣。年轻的女孩子们则没有忘记刷睫毛膏，涂抹唇膏，或者是指甲油，她们的耳朵和手腕上有黄金和宝石在闪闪发光。我记得和伊娃第一次见面时我就不禁注意到，她的脖子上戴着一条蓝宝石项链，看上去就像是她的第三只眼睛，因为这件首饰和她自己的眼睛的大小、颜色和形状几乎一模一样。还有，将我最终"送出"大门的，就是空气中弥漫着的各种香水的味道。各种各样的香水、古龙水和须后水掺杂在一起，萦绕在每张桌子上方。我或许是一个对气味特别敏感的人，因为我一直独居。在我位于高普法勒的家中，卫生间和厨房里除了我自己的味道，再没有其他任何别的东西的味道。

旁边的邻桌上，坐着这个家族的其他核心成员。西格丽德、托马斯和小莫滕，还有乔恩-皮特和丽莎。在这张桌子的另一侧，则是英格伯格，她是一位满头银发的美丽的老太太。她旁边是玛丽安娜、斯维勒，即伊娃的妈妈和爸爸，而伊娃则是这个大家族里唯一的独生女。

当我看到玛丽安娜和斯维勒的时候，有种似曾相识的感觉。我是否见过他们？若是见过，那必定是很久以前。斯维勒的左耳垂上面有一个很小的红色胎记，可能这就是勾起我回忆的关键点，因为我曾见过它。当我将目光扫过伊娃所在的桌子时，伊娃的长相让我瞬间想起她母亲年轻时的样子。另外，我还注意到，斯维勒说话带有独特的南方口音，当然，这对我来说并不意外。或许这些种种都只不过是我自己的胡思乱想。而一个成年人应该具备足够的见识，处变不惊。这张桌子上还坐着一些人，一位女士和一位男士，他们看上去像是老教授的孩子，四五十岁的样子。他们说瑞典语，而且还带着一些哥特兰或古特尼斯克的口音，这一点能够很明显地从他们双元音的发音上面听出来。

西格丽德从主桌的一侧站起身，手里拿着一个茶匙，用它敲了敲玻璃杯。她敲动的声音太小，因为会场里充斥着嗡嗡的杂声。于是，西格丽德又大声地咳嗽了一下，然后又重重地敲了敲玻璃杯，这次声音大了很多，然后，她开始高声说话：

"我的家人们！亲爱的朋友们，埃里克的同事们，各位亲爱的学生……"

这时，我又开始感到莫名的不适，肚子里很不舒服，我觉得肯定会发生什么问题，但是西格丽德继续着她的话：

"我是西格丽德，是埃里克的长孙女。我是坐在我右边的这位乔恩-皮特的女儿，他是埃里克的长子，而所有后辈中最年轻的一代的代表是那个坐在母亲怀抱中的孩子，他名叫莫滕——不，现在不行，莫滕！你现在要和外公坐在一起——我想代表我的家人感谢大家，感谢你们今天来这里参加埃里克的葬礼和追悼会。我们之前曾希望会有很多人愿意来参加今天的活动，但是没有想到今天这里会有这么多人。虽然，现在这里还缺一个人……但如果爷爷还在世的话，他一定会很开心见到大家的！"

人群中开始有抽泣的声音，但西格丽德没有让自己受到影响，她继续说："我们会很快招待大家用餐，希望大家可以在这一过程中很好地熟悉和认识同桌的人。如果有想要发言的人，可以提前示意我一下。如大家所见，我是今天下午这场活动的主持人。我们将在埃里克的追悼会上进行一些文化活动，来追忆他。但是，让我们先开始享用这些酸奶油配腌肉、炒鸡蛋、土豆沙拉、面包片，还有啤酒和矿泉水吧。另外，我不知道是否合适，不过我们还为那些需要'忍受'着这一切的年纪足够大的朋友们准备了一些酒水……"

西格丽德朝我所在的桌子看了一眼，她或许是先看了一眼十五岁的米娅，之后才注意到了我这个陌生人。然后她继续说：

"爷爷的离世让我们感到悲伤而痛苦，但是，我接下来要告诉你们一些或许听上去有些离奇的事：我向爷爷保证过，我要向你们问好，要向大家问好，要向每一个人问好。当时，爷爷知道自己很快就会离开人世，因此，他希望自己的孙女能够成为葬礼上的'主持人'。在我最后一次和他好好地促膝长谈时，他看着我说：'你来做我葬礼的主持人吧。'我点了点头，因为我是长孙女，所以我们的家人也都一致同意。爷爷还用瑞典语说：'你要向大家问好，不要忘记，要替我向所有的家人和朋友们最后一次问好。'我的爷爷在挪威居住了四十五年，而那是我第一次听他说瑞典语。于是，我再次冲着爷爷点了点头，并擦掉了眼泪。他接着对我说：'是的，你们一定要歌唱！我的葬礼应该是一个庆祝活动。西格丽德，它应该是一个快乐的聚会。它应该是一个如北欧节日一般的活动！你能答应我吗？'各位朋友，我希望用爷爷他自己的这番话来欢迎你们，欢迎你们来参加他的追悼会。只要你们愿意，我们会将这里一直开放至深夜。"

所有桌子上都摆满了丰盛的菜肴，除了米娅之外，大家都给自己倒了满满一杯啤酒。一开始，啤酒还是温的，不过很快，一些人瓶子里的矿泉水就被新的冰啤酒取代了。不一会儿，一位年轻的男子开始四处走动，为大家提供阿凯维特①。这名男子没有提供给大家喝阿凯维特的酒杯，而是拿着一个袋子，里面装着用来喝白兰地的酒杯，然后四处走动，看上去他正在寻找一个吧台。这种分发阿凯维特酒的方式具有典型的挪威色彩，其特点是会被安排在一个正式的餐饮区旁边，需要以请求的方式获得该饮品，并由专人进行分发。我所在的这一桌，只有伊娃和我享用了这一饮品。

　　丽芙－贝莉特打量了我一下，她微笑着对我说："西格丽德给我们布置了一个任务。我们要开始试着熟悉彼此……"

　　她向我介绍了自己和她的丈夫，也就是你的表兄特鲁尔斯，还有她的两个女儿，你的侄女伊娃，还有你的侄子弗莱德里克和乔金。她告诉我这些人的名字和很多别的信息。例如，我现在不仅确认了弗莱德里克学法律的这件事，还有乔金在上高三。我还了解到，图娃曾在歌剧学院学习歌唱，而伊娃则完成了她的宗教历史学的硕士研究生学业。最后的这个信息让我的耳朵烫了起来，就如同一个疑病症患者和一位医生同坐一桌后产生了血液冲击太阳穴似的感觉，但我还是点点头，装作我对同桌人和所有与逝者有紧密关系的名字都很有兴趣的样子。作为最后一个来到这的

---

① 　阿凯维特：一种北欧地区用土豆酿造的特殊烈性酒。

人之一，我之所以会被安排在这里坐下，完全是因为这里有一把空椅子。我根本不用明白自己为什么会和伦丁教授最亲近的家人坐在一起。

于是，这张桌子上的人都自然而然地盯着我看。除了我之外，没有人将自己的视线投射在其他人身上，他们之间不需要自我介绍，只是简单地打了个招呼。因为他们都认识彼此，曾经见过面。

丽芙-贝莉特最后微笑着用友好的声音问我："请问您是?"我回答说："雅各布。"或者我应该回答说"雅各布森"。我很少将我的名字全部说出来：雅各布·雅各布森。我太讨厌这个听上去很滑稽的名字了！

现在已经很少有人会询问别人的姓氏了，但是大家依旧没有将视线从我的身上移开。丽芙-贝莉特接着问道："您是怎么和我父亲认识的呢?"

我告诉她，二十世纪七十年代的时候，我曾经是埃里克的学生，然后说了一些关于那时的教学和学术界的趣事。但大家还是盯着我，我不得不继续说下去："在那之后，我获得了挪威语专业的毕业证，或者应该说是北欧语专业，因为这是我所在的学科和学院的名字。然后，我们一直保持着联系，不定期的见面，讨论有关古日耳曼宗教的问题，成立了一个非正式的研究小组，而我对此自然是心怀感激……"

伊娃打断了我的话。她是一位美丽而富于表现力的女子，看上去人很敏锐，且身材苗条。她说："日耳曼宗教? 我们不太了解这个问题。我们知道塔西佗①和星期，但是几乎所有的……"

---

① 塔西佗：Tacitus，约 A.D.55～A.D.120 年，古代罗马最伟大的历史学家。

我们的对话开始向着相当专业并且是我从未深入涉猎过的方向展开。我之前曾幻想自己将成为这一桌上唯一的具有专业领域知识的人，当然，我也不知道我为什么会提前产生这样的幻想。但是现在让我放弃这一想法或许为时太早，又或者为时已晚。

我说："你的外公就像是一所古老的学校。正如牧师所总结的那样：他继承了马格努斯·奥尔森的衣钵，正如半个世纪之前马格努斯·奥尔森继承了索菲斯·布格①的衣钵那样。"

伊娃点了点头。我将她的这一回应解读为"认同"的意思，又或许这只是一种让我继续说下去的鼓励的行为。

桌上的其他人也都饶有兴致地听着我们的对话。我接着说："我希望埃里克能够亲眼见证关于乔治·杜梅泽尔②研究的重大突破。根据杜梅泽尔的研究路径，我希望能够让埃里克注意这些问题，并且采用印欧语系的角度来审视。我认为，印欧地区的神殿是社会中三个阶层或三个支柱的一种反映。杜梅泽尔在奥丁③和战神提尔④之间看到了一种平行关系……"

---

① 索菲斯·布格：Sophus Bugge（1833-1907），挪威重要的语言学家和民俗学家，他是挪威第一位比较印欧语学教授，研究领域包括《埃达》、斯堪的纳维亚语言学和古代北欧文学。
② 乔治·杜梅泽尔：Georges Dumézil（1898-1986），法国比较语言学家，以对原始印欧宗教和社会，以及主权的分析闻名，是神话学的主要贡献者之一。
③ 奥丁：Odin，北欧神话主神。
④ 提尔：Ty，北欧神话中象征勇气和英雄的神。

"……这种关系回应了关于吠陀①宗教中伐楼拿②和密特拉③的问题；雷神托尔是战争之神，他类似于吠陀宗教中的雷公英德拉和他的金刚或是雷楔④。还有华纳神族中的尼奥尔德、弗雷和芙蕾雅⑤，类似于吠陀宗教中的双神尼萨提阿尼或阿什维尼⑥。杜梅泽尔在印欧地区和文化中找到了很多这样的平行关系，包括古伊朗宗教、希腊语、罗曼语和日耳曼语等……"

伊娃看上去有些困惑不解，甚至还有些不满，她的表情让我想起了我最近刚在传奇时代影城看过的一部电影中的女演员蕾妮·齐薇格。不过几秒钟后，她的脸上就又展露出了笑容。她冲着我肯定地点了点头，目光中包含着我将她的外公视为一位历史研究学术领域专家的感激。然后，她突然开始表示异议："杜梅泽尔无疑为宗教历史研究作出了一些鼓舞人心的贡献。但是从今天的角度来看，他或许有些老派。

---

① 吠陀：意为"知识""启示"，它是印度最古老的文献材料和文体形式，主要文体是赞美诗、祈祷文和咒语，由印度人世代口口相传结集而成，用古梵文写成，是印度宗教、哲学及文学之基础。
② 伐楼拿：Varuna，印度神话中天空、雨水及天海之神。
③ 密特拉：Mitras，来源于原始印度-伊朗语，是极古老的、属于雅利安宗教系统（有学者称之为原始印度-伊朗宗教系统）的神，与伐楼拿是对偶神。
④ 雷楔：传说中雷神用以发霹雳的工具，其形如斧楔。
⑤ 华纳神族（Vanir），是北欧神话中除了以奥丁为首的阿萨神族之外的另一支神族，他们居住在华纳海姆，曾经与阿萨神族交战。这个部族的来历未知，常与生育、丰收、爱情、智慧和预知未来等神格相关，懂得使用独特的咒术，并且支持近亲结婚。尼奥尔德是夏与海之神，弗雷是丰收之神，芙蕾雅是繁育之神。
⑥ 双神尼萨提阿尼或阿什维尼，即阿史文双神，亦称双马童，是天上的光明之神，《梨俱吠陀》中的一对神祇。有学者认为，阿史文兄弟起源于印欧时期，因为他们的许多故事与古希腊神话相似。

他并非什么宗教学者。他是古文字学家、语言学家……"

我点了点头。我说："埃里克·伦丁和马格努斯·奥尔森也是这样。正如你说的那样，文字学可以作为宗教历史研究中的众多来源之一。但当文字资料遗失而无法继续研究之时，考古学可以介入，而比较语言学则能够带领我们的研究更进一步。你的外公埃里克和我多年来一直通过这种非正式的研究合作小组'互惠互利'。在我成为讲师后的数年间，我们继续保持会面，我们会时不时地共进晚餐，我也会经常造访他在奥斯陆大学布林登校区的办公室，我们会沉浸在杜梅泽尔的研究内容里，阅读关于北欧的各种文献。我们有时也会到松恩湖边散步，在那里继续我们的讨论。虽然我最后成为了一名高中教师，而且很惭愧地说，我也没有达到任何学术阶梯的高度，但是在我心中，我一直没有放弃对科研事业的希望。也就是在那段时间里，我和你的外公开始阅读梵文，并将它作为一种乐趣。我们看了《梨俱吠陀本集》，还看了三种语言版本的《薄伽梵歌》①。古斯堪的纳维亚语②和吠陀语就像是同一枚硬币的两面，或者是在同一棵树上的两个分枝，每一个分枝都是正确的，因为它们毕竟是长在同一棵大树上。"

我觉得我的话打动了她。伊娃的面部表情就像是一本打开的书，她点点头，或许只是试探性的举动。这一刻，我意识到了，伦丁不仅是她的外公，或许还是她的导师。

---

① 《薄伽梵歌》：印度古代史诗《摩诃婆罗多》中的一部宗教哲学诗。
② 斯堪的纳维亚语：印欧语系－日耳曼语族的一个分支，包括通行于斯堪的纳维亚地区、芬兰的一部分地区，以及法罗群岛和冰岛的语言。

她说："你提到了'日耳曼宗教'。你是否可以将你和外公讨论的这一问题再解释得更清楚一些？他从来都没有和我提到过杜梅泽尔。但是我们曾经讨论过马格努斯·奥尔森。例如，我们说到了安妮·霍尔特马克①关于诗篇《瓦洛斯帕》②的讲座，还有她对彼得·安德烈·蒙克关于神话和英雄传奇研究的较为'激进'的注解，这其中就包括你刚刚所提到过的那位法国大师。"

这张桌子上的一些人已经开始离席。不过弗莱德里克和乔金仍然和他们的表妹坐在一起交谈。他们肯定是觉得这位在亲属桌上唯一的大学毕业生，需要更多的空间来进行自我展示吧。

于是，我直起身子，看着伊娃说："我们谈论了关于奥丁的问题。我曾经看到过一篇关于奥丁的日耳曼语的博士论文，它可能采用了印欧语的角度。有很多迹象表明，奥丁（Odin），或者是渥丹（Wodan，古英语）或沃坦（Wotan，古高地德语）③，可能有同样的日耳曼语族的根源，至少是一样的古老。"

她说："好的。奥丁是一个令人兴奋的话题，至少在北欧是这样，我认为由于历史的原因，肯定会有许多描写他的资料。你为什么会放弃呢？"

我说："杜梅泽尔将这位日耳曼族的神和吠陀神伐楼拿放在同一类

---

① 安妮·霍尔特马克：Anne Elisabeth Holtsmark（1896-1974），挪威语言学家，她是挪威奥斯陆大学历史与哲学系的第一位女性语言学家，研究领域主要涉及北欧神话和古挪威语言学。
② 《瓦洛斯帕》：《埃达》诗中的第一篇，是研究北欧神话的重要来源之一。
③ "渥丹""沃坦"均为"奥丁"在日耳曼语言地区的其他翻译版本。

别内。他还指出，伐楼拿和希腊天空之神乌拉诺斯具有相同的词源。"

伊娃点点头说："这是众所周知的，但是它也有可能……"

不过，我没有让我的论述被打断，我接着说："他将奥丁与伐楼拿和乌拉诺斯的词根联系了起来。"伊娃笑了："我知道。这是废话。我希望您能够原谅印度教的比喻，但是去芜存菁还是非常重要的一件事。"她又往自己的杯子里倒了一些啤酒，朝其他的桌子看了一眼，然后又笑了起来，而且笑得很豪迈。

丽芙-贝莉特一定看出我已经开始感到无聊了。她是怎么看将近三十年后再次出现在自己教授葬礼上的学生的呢？我不知道她是否和你说过这件事。但是现在她转过身去，然后用和解似的目光看着我，对我打趣似的说："伊娃一贯这样，态度强硬。她总是无法逃脱使自己陷入和老师进行争论的境地里。"

伊娃装作没有听到这番话的样子，她继续笑着。我不喜欢自己作为一名中年教师扮演一位青年学者的角色。在经历过与伊娃这位很有价值的聊天对象的谈话后，我觉得情况没有变得更好，反而变得更糟。但是我还戴着"面具"。在没有目光游移，或者逃避我的这位对手眼睛的情况下，我看了一眼她脖子上的那个蓝宝石项链。这枚第三只眼和另外两只眼睛一样大，这也使我感到更加羞辱。我突然意识到，那一定是奥丁的眼睛，他成为了密米尔之泉①。

---

① 密米尔之泉：北欧神话中的智慧之泉。

伐楼拿和古神奥丁！这是多么愚蠢啊！我从来都没有相信过这个理论。大约四十年前，在我还是哈灵达尔高中的一名学生的时候，曾经从一位挪威语老师那里借阅过杜梅泽尔的《日耳曼之神》丹麦语版本。那时我就已经意识到，这位法国人对于一些词源的标准可能有些过于宽松。

我想起了一个古老的谚语：沉默是金！如果我刚刚保持了沉默，那么我就可以继续假装成一位优秀的语言学家。但是，就在此刻，我坐在这里，突然意识到自己其实可以是一个很好的语言学家，特别是关于印欧语的文字起源，这也是我本人从十几岁开始就有的兴趣。我曾在七十年代对杜梅泽尔和神话进行过短期的研究。我当时对这一时期的宗教历史作为一门新课的开设抱持着接纳的态度。我觉得自己现在就像是《建筑大师》[①]里的托尔尼斯，而伊娃则是年轻大胆的旺格尔小姐。

这使我忍不住想念起斯克林多。阿格尼丝，你曾经见过他。佩勒·埃林森·斯克林多从来不会让自己陷入这位有三只眼睛的年轻人的困境中，即便是其中一只眼睛还是奥丁的。佩勒总会说正确的事情，而且肯定会在这个关于印欧语言的平行关系的问题上谈论伊娃和我。当然他现在不在这里，所以也帮不上我的忙。

斯克林多先生是我的挚友，但是我永远都不会邀请他和我一起参加这类活动。因为他实在是太不修边幅了。他的言行举止都无法如正常人一样。因此，我没有别的办法，只能相信自己，如果能够再给我

---

① 《建筑大师》：易卜生的一部饱受争议的作品，讲述了名为托尔尼斯的主人公挣扎于追逐名利和幸福的起伏人生。

一次机会的话，我会进行一次小小的"复仇"。

西格丽德敲了敲玻璃杯，这时，我注意到坐在我左边的图娃拿出了一个小化妆镜和一只鲜艳的口红。

西格丽德曾经在一次家庭聚会上注视着英格伯格说："奶奶，你是爷爷的生命支柱。爷爷爱你。我觉得他将你看作挪威语的化身，这是他为之奉献了自己一生的东西。站在你身边的我们，知道他给你起了两个名字。'英格伯格'只是其中的一个，而另外一个昵称是'威斯勒米月'①，这个名字来源于阿恩·伽尔伯格的史诗作品《豪格图萨》②组诗。有时，他会抚摸你的头发；或者是当你待在房间里的时候找到你，为你朗诵一段诗歌。"

> 在她美丽而又狭窄的额头下，
>
> 她的双眼如透过薄雾一般闪烁
>
> 它们似乎在深深地
>
> 凝视着另一个世界……

这时，有人说："图娃，你应该为我们演唱《豪格图萨》。唱一段吧！"

---

① 威斯勒米月为挪威语"Veslemøy"的音译，其本意为"小姑娘"。
② 《豪格图萨》：又名《牧羊女之歌》，由挪威作家阿恩·伽尔伯格（Arne Garborg）创作，讲述了年轻的牧羊女豪格图萨悲伤的初恋故事。挪威著名音乐家爱德华·格里格（Edvard Grieg）为该作品创作了同名音乐作品。

于是，图娃走上一个小型的讲台，演唱了由爱德华·格里格谱曲的伽尔伯格的组诗中的三首歌。她首先演唱了《威斯勒米月》，这是西格丽德特别提到过的，接着演唱了《蓝莓小调》，最后是《山羊之舞》。她的演出精彩极了。

在这段充满艺术魅力的环节结束之后，我们这张桌子的人重新开始了断断续续地谈话。弗莱德里克和乔金开始和丽芙－贝莉特与特鲁尔斯讨论关于政治的话题。我从他们的讨论中听到了关于"保守党"对"工党"的争论。而我则和图娃讨论了《豪格图萨》，以及在这组诗歌后面的章节《冥界》中再次看到的关于"威斯勒米月"的内容。

在《豪格图萨》中，威斯勒米月具有一种通灵的能力，她能够看到灵魂和女巫，在之后的故事中，她旅行穿过了冥界或地狱。我提到的词语，hulder 和 Hel，是北欧神话中森林中的女神以及地狱，并且这两个词能够在印欧语系的根源中找到同样的来源。

伊娃已经竖起了耳朵，我并不只是为了要和她说话，或许这真是我之前所想的一种可能的"复仇"方法。我选择接着接近图娃，因为我感到那三只蓝宝石眼睛隔着一张桌子瞪了我一眼。

我接着对图娃说："在神话故事和民间传说中，森林中的女神也被称为胡尔达或胡勒，这些可以在阿斯比约恩和莫艾的传说故事《人类的女儿和女巫的女儿》中找到例子。另外，这些挪威语词汇也和另外的一些词汇相关，如'偷窃'，或者是'隐藏'或'藏匿赃物'，或者是'头盔'和'皮套'，不过，这样的词汇能够在整个日耳曼地区找到……"这时，伊娃朝着分发阿凯维特酒的服务员眨了眨眼，接着，我和她的白兰地酒杯中便被倒进了新酒。头一杯酒已经平静下肚，我觉得它能够向维生素喷剂一样提供帮助我恢复记忆。

图娃一直在全神贯注地听我讲话，而现在伊娃也想加入进来。伊娃并非刻薄，只不过是有些打趣地说："你难道不应该给我们讲讲关于在吠陀宗教里找到'森林中的女神'的事情吗？"说完，她笑了，我也笑了。然后我继续对着图娃眨了眨眼睛。虽然没有人说"干杯"，但是我们都将杯中的酒一饮而尽。伊娃继续坐在桌子旁开玩笑，她说："这个男人要么是学问很大，要么就是牛皮很大。"如今是智能手机的时代，现在的年轻人无须像过去那样事前做好各种准备，背诵种种，他们可以直接登上舞台。我们不再谈论以事实为依据的问题。例如，在复活节假期的山上，当大家对一些事情意见不统一时，我们不需要等待一周才能弄清楚结果，我们可以在谷歌网站上直接查询答案。当今世界，关于专业问题的分歧可以在几秒钟内得到解决。

西格丽德再次敲了敲玻璃杯，而这时，伊娃则拿出了她的化妆镜。

"亲爱的家人们和朋友们。埃里克一辈子都在构建北欧神话世界，度过了他的一生，他在寻找着上帝与山妖、诸神与巨人之间的一种不稳定的力量平衡关系。为了纪念他，我们将进行一次新型的文化演出。"西格丽德接着冲伊娃说，"请开始吧。你说你愿意背诵《埃达》诗中的整首《瓦洛斯帕》，我们洗耳恭听。"

伊娃向前迈了一步登上小舞台。她首先简单介绍了这首诗。她为大家讲述了这首诗在维京末期如何起源，如何受到基督教的重要影响。接着，她介绍了关于这首诗中最为重要的内容，即"瓦洛斯帕"的意思是"女巫的预言"，并且是由奥丁亲自委托占卜师进行的预言占卜。伊娃说这是"启示录"，然后斜眼看向我，冲着我微笑。

就这样，我坐在这里聆听着关于这个世界的进步、阴谋、完结时间，以及关于一个新世界即将出现的故事。而伊娃的音量则在朗诵过程中逐渐提高。

我全神贯注地听着，并被惊呆了。"我听到关于所有圣族、海姆达尔①的高个子和矮个子儿子的故事，如果你愿意的话，瓦尔法德②，我将讲述古老的传说，关于……在尤弥尔③创世之初，没有沙滩也没有海洋，更没有海浪；没有苍穹，没有土地，没有金伦加鸿沟④，到处寸草不生……"

伊娃朗诵结束回到座位上时，人群中响起了一片掌声。弗莱德里克和乔金走过来拥抱她。我也不得不对她说："你讲得太棒了！"

这位性格有些戏剧化的年轻女子冲着一瓶新的阿凯维特酒眨了眨眼。伊娃不再需要捍卫她的骄傲和荣誉。看起来，这一次她将把杯子里的酒一饮而尽。丽芙-贝莉特在一旁捅了捅我，像是在说"你现在该知道伊娃是谁了吧"。特鲁尔斯和他的妻子坐在右边，从他的面部表情

---

① 海姆达尔：Heidall，北欧神话中的守护神。
② 瓦尔法德：Valfader，北欧语中"死亡之父"的意思。
③ 尤弥尔：Yme，北欧神话中的始祖巨人。
④ 金伦加鸿沟：北欧神话中天地之初的深渊，为混沌初开，世界凝聚雏形。

上可以看出，他没有注意我。

在这样的背景下，我听到了伊娃的母亲玛丽安娜的一个故事。那个人说话的声音很大，而且带着卑尔根的口音。

玛丽安娜喘着气说："这实在是……很迷幻！"她一边说着迷幻，一边看了我一眼，然后迅速回到了自己的座位上。我不知道她看我的那一眼有何意味，抑或只是巧合。

接下来，这个下午最为意外的事情即将发生。我们八个人围坐在一张桌子周围，伊娃转过身问我："你觉得我刚才的表现怎么样？"

我回答说："我觉得很精彩。""谢谢！但是我指的是这首诗。你觉得在《瓦洛斯帕》中所反映的是北欧文化、原始日耳曼文化，还是印欧文化呢？"我记得当时我看了一眼丽芙-贝莉特。我能挑战她的侄女吗？她的眼睛一直在转，我将此解读为警告。不过，我还是说："我看到了一个经典的印欧语中的天体演化学，一个近乎二元论的世界观，这近乎伊朗文化视角中的启示录，这上面当然会带有北欧背景的色彩。当然，它可能也受到了基督教末世论的影响，因此，我认为你是正确的。但是关于古巨人和世界的起源，它们在这首诗的第三节出现，可能是同一个神的名字以不同方式出现，即吠陀的阎王①和伊朗的伊玛②。这难道不是很有趣吗？我们或许谈论了关于一些古老神秘宗教的几个残余分支，而

---

① 阎王：Yama，早期佛教和印度教神话中冥界唯一的王。
② 伊玛：Yima，古伊朗神话中的死神。

它们应该是在五六千年前诞生于印欧人之中，而且很有可能来自于草原的北方，黑海和里海那里。这个道理同样适用于一些伟大的被传承下来的词语，例如我们在我的导师和你的父亲的名字中发现的：埃里克同凯尔特语中的'国王'有关，例如 rix，它来源于拉丁语中的 rex，而瑞典国名的来源也与其有关。还有印欧语中的 reg，它会出现在词汇的前边，例如 rett（正确）和 riktig（正确），或者出现在一些外来词汇中，如 rektor（校长）、regjere（统治、治理），还有 korrekt（正确)!"

我不知道伊娃到底是怎么想出来的，但是她深深地注视着我的双眼，想出了一个适合的反驳论据："还有 ereksjon（勃起），这也算吗？"

我没有回答这个问题。其实我本可以回应她，但是我误认为她是在跟我开玩笑，所以我只说了一个词："过!"我觉得她杯中的阿凯维特酒已经喝完了，但其实还有一些，而且她将最后的几滴酒溅到了我的脸上。我一下子跳了起来，但我实在没有力气进行任何还击。于是，伊娃站起身来，离开了我们这一桌。

桌子上的表兄弟们都笑了出来，他们都曾经和伊娃打过交道，我不认为他们对我抱有任何的同情心。但是丽芙-贝莉特和特鲁尔斯看着我有些担心似的摇了摇头。

我又一次注意到了特鲁尔斯前额那道显眼的疤痕，在发际线正下方。丽芙-贝莉特介绍他时，说他是一位神经学家。有那么几秒钟，我对他的这份职业选择是否与这道疤痕有关产生了怀疑，一次非常荒谬的冲动。

不过，现在是离开这里的最好时机。

西格丽德又敲了敲玻璃杯，继续发表悼词和致敬演讲。我向这一桌的人都表示了感谢，然后向大家做出了一个非常合理的解释，说明自己为什么不得不先行离开。

我在大厅的入口又碰到了伊娃，她看上去如太阳一般明媚。她拦住了我的去路，并带着微笑问我："你是否愿意签署一份十年期的保证合同？"

我不明白她说的话："保证什么呢？"

"身体和灵魂。""我从来都没有想过这件事……"

"就是说，你能够在十年间完全不用担心任何健康问题。不过，十年之后一切都会结束，你会升天。啪！"

"我真的不知道……但是，或许吧，我会接受这样的一份合同。你呢？"这时，她看上去似乎有些不高兴，还是她其实在表演？她问我："你到底在问些什么呢？雅各布老先生？""我问的不正是你刚刚问过我的问题吗？"她使劲摇了摇头。然后她说："我今年才二十五岁。"

　　　　　　*　　　　　　　　　*　　　　　　　　　*

我迈着轻快的脚步沿着教堂的路一路下山，然后叫了一辆出租车回到位于高普法勒的家。

进屋锁上门后，我顿时有了一种孤独感。我不确定自己在葬礼上是否过得愉快，反正今天下午我不是很愉快。所有的一切都让我感到很憋闷。那里有一种闷闷的味道。

我觉得我已经从追悼会中逃了出来，但是我不确定自己是否能够在家里消磨到很晚，是时候上床睡觉了。

这段时间以来，我一直在强迫自己不要在晚上十一点之前上床睡觉。然而，我却越来越经常在更早的时间上床睡觉。有时我会睡前看看书，有时不会。

"你是否愿意签署一份十年的保证合同？"我掉入了这个"陷阱"中。

我已经不年轻了。如果我还是个二十来岁的小伙子，我肯定不想签什么"十年期的保证合同"。我或许不是在天空中最幸运的那颗星星的庇护下出生的，但是我从来都没有产生过自杀的念头。

我得再起来一次，因为我的脚底有些痒，所以我先在屋子里转了一圈，然后在卫生间的镜子前照了照——我是将近五十岁的人了！然后我走进客厅，打开壁柜，从里面取出了一些在哈灵达尔拍的老照片，翻了翻。

最后，我在书架前站了很久，看着我拥有的全部的研究类书籍，还有一些我新买的专业文献，例如，格鲁·斯坦斯兰德和普雷本·梅伦格雷特·塞伦森的全新的关于新版《瓦洛斯帕》的解读和评价（伊娃在追悼会上念的就是这里面的内容），还有一本全新的由比约王德和林德曼编纂的词源词典：《我们继承的词语》。这本词典被放在福尔克和托普关于挪威语和丹麦的词源词典的副本旁边。

我要去卧室里的衣柜里拿些东西出来。那里面有两个铁线筐，里面放着我几十年来收集的所有的雪茄烟。一开始，我只有一盒。而到我撰写本文的时候，我已经积攒了三十多盒。我想，这世界上很多东西都是这样在抽屉和柜子里慢慢累积起来的。对我而言，累积的是雪茄烟。这是我唯一收集的东西。我烧开水，给自己冲了一杯雀巢咖啡。今天下午喝的那两口烈酒的后劲儿并不难消退，但要摆脱和伊娃见面后带来的伤痛的"后劲儿"，却不太容易。

最后，我的这一天还是获得了一个安抚似的结局——我和佩勒一块儿去森林里散了一场步。他本可以反对的。因为他鲜少在这么晚的时候有心情外出。不过，今天他很快就妥协了。于是我的心情一下就变好了。

我先和他说了几句白天发生的事情，使他相信有一位年轻的女性调戏了我。然后，我就开门见山地说："我们晚上得好好地散个步，佩勒！我有很多话要说。"

他回答："正合我意。我今天一整天都没有动。"

大约一个小时之后，我们走在去往米特斯图恩的路上，然后我们沿着山坡穿过森林，来到弗洛恩斯沃尔的十字路口，从这里沿着一条狭窄的小路来到弗勒格格沼泽。

我们来过这里很多次。现在我们坐在一个小山坡上，看着远处的沼泽，还有几处如镜面一般的小水池，在傍晚的阳光下闪闪发光。

我说："在铁器时代，这里种着小麦和大麦。通过花粉分析可以证明这一情况。"

这句话其实带有一些讽刺意味，仿佛我可以教给佩勒一些关于这种地形的史前内容似的。但是这不过是一种修辞性质的介绍，是为了延续我们的谈话而已。

佩勒在玩耍，他睁着一双炯炯有神的眼睛看着我说："在这处沼泽的下面肯定会找到一两个旧Tuft（宅地），就如这被遗忘的泥潭一般，已经在这里待了很长的时间。但曾几何时，孩子们在这里的草地上跑来跑去玩耍和歌唱。现在却不是这样。如今只有黑琴鸡会在这里玩耍。"

我不知道他的话题将走向何方，因为他说话的语气听上去很不寻常，几乎有些惨痛。我试图将谈话拉回到之前的氛围和轨道上。

我说："tuft就是tomt（宅地），在印欧语中，demH是用于表示'建造'的意思，因此，在挪威语中有tømmer，在英语中有timber，这都是人们用来建造用的材料，而在德语中则是Zimmer，它既是木材，又是房间的意思。"

佩勒用力地点了点头。他说："是的，正如我们重新找到了fruentimmer（女性），还有德语中的Frauenzimmer（女性）。你知道我要去哪儿吗？"

我看着他。女性？我从来没有思考过这种联系。但是它们确实存在。这已经不是我第一次从和佩勒的谈话中学习到一些东西。

佩勒清了清嗓子，接着说："从demH的词根中，我们还可以得到一个用于建筑或房屋方面的词语，还有印欧语中的domHos，例如拉丁语中的domus。"

他又重新回到了一条熟悉的轨道上。

我笑着说:"佩勒,你现在不吹牛了吗?"这一评语并不真实,因为关于这一系列的神话传说故事我们已经学过很多遍了。

佩勒握住了我的手腕,几乎要将我握疼了,他盯着我说:"你听着! domus还能产生dame(女士),家庭主妇来源于拉丁语的domina,在意大利语中donna是用来表示女性或女士的,在西班牙语中则是doña,用来表示小姐或女士。这些都是我应该接近的。"

我很惊讶,因为虽然我从来没有将dame(女士)这个词和tomt(宅地)或tømmer(木材)联系在一起。但是,我立刻就明白了这些信息应该是正确的。于是,我放弃了:"dame(女士)和fruentimmer(妇女)都是吗?"

"是的,正如你说的,还有tuftekall(小精灵)和tomtegubbe(棕仙,传说中夜间帮助做家务的小精灵)……""然后呢?"因为他喘着粗气,所以我觉得他听上去很不舒服:"现在的女士怎么样呢?是不是过了很久?但是你确实是一个已经结了婚的人!"

我只是耸了耸肩。这些是我们现在需要谈论的话题吗?这听上去不具有音乐性,而且这些与时间和地点有关。这不是一趟我们男生的旅行吗?

佩勒接着说:"雅各布,你现在还年轻,不要放弃找人一块过日子的期盼。你不应该只是自己一个人到处乱逛。"

"是的……"

我从不喜欢佩勒变得如此个性化。我不认为我们其他人会喜欢这一点,但是对佩勒来说,这可能只是那种在球场上存在的一些关于身为同伴的责任问题。他一直都很关心我的情况。

现在，他承认："或许你不是喜新厌旧的人。但是你应该尝试为自己找到一个可爱的女朋友。你们不用住在同一个公寓里。你们也不需要在同一张床上睡觉。因为这不是一个需要严格按照交往顺序进行的问题。你们要先一块去旅行，去斯德哥尔摩或是罗弗敦，又或者是北角。雅各布，你有没有想过这些问题？"

我不想再提及这次的谈话内容。这应该是一场私密的对话，因为我们两个无所不谈。但是现在已经过去十二年了，我已经变成一个年近六十的男人，能够改变的实在太少。从过去到我们谈话的今天，佩勒一直在为我操心。他从来没有放弃过我，让我觉得我到时候就会找到能够共度一生的人。我很感动。而且，佩勒还是无私的：我在吸引一位女士上花的时间越多，和佩勒在一起的时间就会越少。我现在是在讲经验。我曾经短暂地拥有过一段婚姻，所以我和佩勒只分开过很短的时间。

离开弗勒格沼泽，我们继续向前，来到了维塔科勒欣赏奥斯陆壮丽的景色。这里毫无疑问是最好的观测点，可以看到峡湾和东部地区大部分的地方。现在是晚上八点，我们站在这里，看着太阳向西沉入地平线下，因为是夏季，继续朝着北边倾斜。

除了我和佩勒，没有人会在这里待到这么晚。我们觉得不必急着回到低地，我们俩坐在一根原木上，聊着发生在我们身上的事情。

我指出，从九千年前冰川开始融化起，海洋的边界线就开始变化了。当时的海洋边界线比今天的要高出二百二十米，维塔山和沃克森山如同很矮的岬角一般，被一个浅海湾从中一分为二，这一海湾就像今天的司考峡谷。海水一直流向米约萨湖的最北边，玛丽峡谷、托尔克峡谷和罗门峡谷如长长的峡湾分支一般切入内陆。然后，经过大量冰盖长达数千年的按压之后，大陆又慢慢上升。当第一批人类在这里开始种地的时候，当时的海岸线要比今天的海岸线多出六十米。但是大陆在继续上升，而这一段传奇仍未结束。

现在，我们俩在这里，佩勒和我。

如果今天阳光明媚，那么这里应该会有很多人经过，我们就不能坐在这里密聊。我们可不能没头没脑地随便乱说话。

我们俩都不喜欢有旁人在的时候聊天，即便是随便经过的路人也不行。在这里，我们可以在我们本身的羞怯心理的基础上保留住我们之间的熟悉。一段对话进行得越私人，或者越值得期待，那么就越需要排除其他的听众。

佩勒会将谈话掌握在什么方向上是完全无法预测的。他毫无顾忌。他的内心仍是一个孩子。当他开始谈话的时候，没有什么内容是需要被抹去的。这一点你可是很有经验的，阿格尼丝。

现在，我们二人独坐在一座远离城市喧嚣的高高的小山坡上，可以毫无打扰地一直聊天，直到一弯残月升上格洛鲁德山谷东边的天空。那轮残月看上去几乎是昏暗的，太阳将在一个小时后就落山。但是，天空很快就又亮起来了，我们开始相互搀扶着，就着蓝色月光往山下走去。树木被光线照射出来的长长的影子，让这段本就陡峭的山路更加充满挑战。

当我躺在床上的时候，正好是晚上十一点，一切都告一段落，我对这个星期三不再感到不满。

伊娃呢？她确实惹烦了我。但是我还会再次见到她。我还会再见到伊娃两次。我最后一次见到她的时候，也在这里，在波罗的海的一个海岛上。到那里去只需要几个小时的时间。

安德丽娜

二十世纪八十年代一个春日的早晨，我曾短暂地拜访过住在奥斯高特兰的一位年长的阿姨。那是在我离婚几个月后，再次开始独居的时候。我曾告诉过你，我有过几年的婚史。

我和当时的妻子曾经住在一起数年，共用一辆车。当时的想法是：我们可以继续共用这辆车，直到我们中另外一个人买新车。

那是一个星期二，是莱顿用车的一天。

是的，我的妻子名叫莱顿。

我用车的日子是星期一、星期三和星期五。我希望能够说服她，让她明白，我去奥斯高特兰对车的需求比她那一天对车的需求更迫切；我还可以将她用车的日子和我下一个星期三用车的日子对换。但莱顿星期二那天要去理发店和洗衣店，而且很可能还要去见住在几条街区之外的一位女性友人。

这不是我们俩第一次因为彼此的用车需要而产生争执。而且不幸的是，每一周都有一个会引起争执的日子。还有星期天，这一天我们俩都没有这辆车的优先使用权。后来我曾经问过她，我们为什么不制订一个计划，即我俩隔周日用车，或者每周日一个人下午三点前用车，另一个人下午三点后再开始用车。如果这能够成为一个可持续的规定，我们就必须进行一种非常公平的轮换制，例如我们每周日谁在第一个时间段用车，谁在第二个时间段用车需要轮换进行，否则这一规定将会随时被打破，引发新一轮的争吵。

或许是因为每个星期的第七天缺乏确定性的原因，每到这个休息日，我们俩都会期待着对方宣布说已经买了第二辆车，因此，我们中的一个人只需要留下这辆老的丰田卡罗拉即可。无论如何，我们俩其实都没有必要用这样的方式来"买断"对方，即便是我自己买了一辆全新的车，我也永远都不会向莱顿讨要一分钱；就像她也绝对不会幻想着去借这辆车一样。

我和莱顿依然共同居住的地方，有一个和公寓相连的停车位，但我现在住的那个小破屋附近，只有几个公共的停车计时器。虽然我们俩每人都有一把车钥匙，但是我们家只有一个停车位，它距离我新搬的地方有四站地铁的距离。这是我在高普法勒之前住的地方，位于霍尔门科伦的山脚下。

每个星期天都是我们争吵最多的日子。我们没有孩子，我搬走之后，我们唯一的争执焦点就是这辆老丰田卡罗拉——这是我们之间最后共有的一点东西，是我们之间曾经过往伤痛的联系，我们曾一起坐在这辆车里，要么是她，要么是我坐在方向盘后面开着车。这辆几乎已经快要报废的车承载着一段共同生活和一个婚姻的可怜记忆。如今，仍然存在的这部分联系再次"死灰复燃"。

正如我说过的，我在离婚之前和之后都有固定的"陪伴"——除了一般世俗意义中所说的"歌剧情人""餐厅护卫"或是"旅途伙伴"，这一系列拥有一些陪伴意义名称的人，我唯一真正的同居者只有我的妻子。我们在一起已经数年了。在莱顿第一次在我们睡的双人床上背对我之前，我们已经在同一屋檐下生活了太多的时日。最终，我们还是分开了。能够解决我们之间问题的唯一办法就是我搬出这个地方——虽然这里原本是我的公寓。

离婚的大部分原因与佩勒有关。莱顿不能忍受斯克林多先生的样子，她认为他的声音很讨厌，这是一种明显的侮辱，因为她时刻强调这件事。如果她真的无法忍受看到我和佩勒在一起的样子，也不能容忍当她不在家时，我和佩勒坐在客厅里聊天，她还是自己搬走吧。我这么对她说。但是到了最后，还是我不得不打包走人。

那天，我非常小心地问她我是否可以在星期二下午开车去奥斯高特兰，我遇到了巨大的阻力，于是我立刻改变了态度，告诉她我可以叫一辆出租车。

出租车到了，是一辆红色的奔驰。我注意到这辆结实的车是这趟漫长且昂贵的旅途中唯一值得期待的好事。在我打开车门坐到后座上之前，没想到车里的颜色会如此花哨。我立刻就注意到这种红颜色与出租车司机搭配得特别好。安德丽娜·锡格德是一位三十多岁（大约奔四十）的很有魅力的女人，她可能比我要大上一两岁，有着棕色的双眸和一头长长的棕色波浪卷发。

车开了没多久，我俩就陷入了愉快的聊天中，而且之后展开了关于人生哲学的讨论。在我们聊天的过程中，她不断地透过后视镜看看我，我也能透过后视镜看到她的面部表情。她说话的口音明显来自南方，能够听出是曼达尔地区的方言。她在几年前离婚了，有一个十来岁的女儿，现在和女儿一起住在同森哈根。

在同一辆车里的坦率交流，使两个人之间迅速地生发出一种几乎是有些亲密的气氛。通过这一种机会，人与人之间可以在极短的时间里建立起一种比其他情况下要深刻的友谊。这种在车厢里的热情相处，还能够在不断变化的风景中，让谈话进入一个从未有过的新境界。

她在开车，我坐在车上，但我们俩迅速地建立起了一张两个人能够共同参照的精细的关系网，尽管在日常生活中，我的学历和讲师工作经验与她的驾驶经历相去甚远。我们聊得越多，我们告诉彼此的内容也变得越多。

突然，我意识到，几个月前我与莱顿也有过一次这样的驾车旅行。当我们通过山谷的时候，两人间发生了激烈的对话。不过，那是在佩勒出现之前。

我们俩最后一次同坐在那辆旧丰田车里的时候，都一言不发，我们之间充斥着一种意味深长的寂静，可能我们那时都在思考关于佩勒的事。我认为就是在那次驾车旅行时，我们两个最终看清了，一些东西已经结束了——或者说一切都已经结束了。

关于那趟去看望我的阿姨的旅程，在这里我不必细说，因为它只进行了大约一个小时的时间，而且这一时间长度也不是她能控制的。因此，安德丽娜选择在奥斯高特兰等我，承诺回奥斯陆的路上不再打表计费。她随身带了一本很厚的书，是一本小说，这本书有黄色的封面，被放在副驾驶座上。我既没有听说过这本书的作者，也没有听说过书名，这本书一定是一本译著。

返程的路上，我们在田园诗般的一个峡湾小城略作逗留，在一间不错的咖啡馆里吃了午饭。爱德华·蒙克曾经在这里住过几个夏天，创作了那幅《桥上的女孩们》。我们在木头房屋间狭窄的街道上走了很长的一段路，路边花圃中散发出又酸又甜的芬芳，我们将它评价为"四月之味"。最后，我们漫步至海边，来到一个码头上，有两只天鹅静静地待在这里。"两个灵魂。"我脱口而出，不过这也可能是她说的。我们两人中的一人说出了这句话，另外一个人点了点头。

我们走回停车的地方后，我很自然地坐到了安德丽娜的旁边。如果我当时仍然坐到车后座上的话，我觉得她会感到不快。我们度过了一整个春日。时间已经是傍晚六点，马上就要到五月份了，因而下午变得像是一个夏日的夜晚。

她发动车，在我将那本黄色封面的书放入汽车仪表板边的小柜里之前，我开始谈一些关于印欧语中的"继承词"的话题。我和佩勒之前已经坐在一起研究过这一内容。我和佩勒现在都自由了，因为我已经和莱顿分开了。

"黄，"我一边指着那本书，一边看着她说，"你知道一个非正常的字是怎么来的吗？"

安德丽娜正在专心致志地开车，在见识了她加速超过一辆停在路中间的拖拉机之后，我判断她是个急性子的人。但是，我觉得她还是对我说的话做出了反应，点了点头。于是，我接着说："日耳曼语中的基本形式是gula，这是英语中yellow（黄）和德语中gelb（黄）的基础，但是它也是挪威语中gull（金）、英语中gold（金）和德语中Gold（金）的基础。"

"真的吗？"这位有魅力的司机看了一眼前面的路，然后瞟了我一眼说，"gul和gull，嗯，还有yellow？我从来没有想过这一点。"

"词语之间的这种相似之处比人们所知的更加深刻，"我接着说道，"它们间的这种联系可能长达数千年，我们将这种古字称为'继承词'。"

"继承词？""是的，因为它们都有原始的词根或词形。""那外来词汇呢？"

我摇了摇头说："不，这是另外一种情况。对于两种完全不同的语言来说，当它们中有词与词之间一样，或者是几乎相同的时候，可能是因为其中一种语言曾在过去借用过另外一种语言的这个词。我们将这种词称为'外来词汇'。在挪威语中，vin（酒）这个词和意大利语中的 vino 很像，这是因为我们在很久以前把它借用过来了。英语中的酒是 wine，德语中的酒是 Wein，这也是因为英语和德语从其他语言中引入了这个词。"

她看着我笑了笑："我现在想喝一杯酒。"然后，她又说，"那 gul、gull 和 yellow 又是怎么回事呢？"

我觉得她是一个很细心的学生。我说："它们都是古老的继承词，根据数千年前的历史来看，我们可以将古印欧语中的词根 ghel（闪光）重构，在这个音节之后有一系列存在于大部分印欧地区的生动的词语，例如拉丁语中的 helvus（蜜黄色）、挪威语中的 gyllen（金色），可以用在'金色的头发'和'金色时代'这些词汇中，还有古代的金币，即波兰的硬币兹罗提①中也会用到它。"

"所有的这些继承词的意思都是一样的吗？"

"不一定。"我说，"不过，我提到的这些词都有同一个词根 ghel，意思是闪光。相同的情况还有挪威语中的 gulgrønn（黄绿色），在希腊语中是 khlorós，这其中有挪威语中的外来词 klor，还有 galle（胆汁）和 kolera（霍乱）等一系列表示黄色和绿色的词，来源于斯拉夫语和印度–伊朗语中。"

安德丽娜突然说："哎呀，我更喜欢黄的变体词。"她微笑着侧过脸看了看我。

---

① 兹罗提：波兰语中为"黄金"之意，为波兰官方货币名称。

但是，我要说的内容才刚刚开始。我接着告诉她，印欧语中ghel这个词根衍生出了一系列的词语，覆盖了整片日耳曼地区，例如挪威语中的"光（glød）""光晕（gløde）""眩光（glo）""盯（glane）""闪耀（glans）""闪烁（glimt）""辉煌（glimre）"和"耀眼（glorete）"。她又很快地看了我一眼，说："这是全部的吗？所有的词语吗？"我慎重地点了点头说："当我们盯着某人看时，当什么东西闪耀时，例如白炽灯，或者是当什么东西很耀眼时，我们会使用gull或klor这样的词来形容。当德国人喝热葡萄酒的时候，他们喝的叫Glühwein，即挪威语中的glovarm vin，但是我们这里也喝gløgg，这个词来源于瑞典语中的glödgad饮料。有趣的是，这样的语言亲缘关系可以一直追溯至六千年前。这也与保持舌头在嘴里的正确位置有关，即正确发音。"

当我把黄色封面的书放进汽车仪表板边的小柜里后，她问："你是怎么知道这些事的？你是在哪里看到的？"

我回答说我对语言有一种狂热的兴趣。

我之所以一口气说出这些关于词源的话题，或许是因为我想看看安德丽娜是否能够和我一同分享这种关于语言的迷恋之情，关于词与词之间起源方面的问题。她说她很喜欢看书，而且她也很喜欢写作。这个回答让我很高兴。一个喜欢阅读和写作的人，应该也会喜欢语言本身。

她告诉我，多年以来，她一直很想写一本书，书中记录那些搭乘她的出租车，坐在后排座位上的乘客和她聊天时讲述的故事。一个出租车司机可能听到很多故事，有时会听到一切的内容。在她作为出租车司机的职业生涯里，她体验过精神顾问、心理治疗师和法律顾问这些不同的身份。

在长途旅程中，她会请坐在后座的乘客讲述他们自己的人生故事。她可能并不仅仅是为了活跃气氛让乘客说话，初衷应该只有一个：安德丽娜喜欢听别人讲故事。

她解释说，出租车司机，也许尤其是女司机，经过漫长而疲劳，甚至是审讯一般的采访之后会感到很神经脆弱。她说这就像是在比赛过半时拿到了球一样，该是属于乘客的下半场。安德丽娜说："跟我讲讲你的故事吧！"大部分人都会被诱惑。每个人都有自己的人生故事，犹如史诗一般。安德丽娜体验过，乘客是多么容易就能够放开自己，打开自己的人生故事。

安德丽娜很喜欢与人交往，终于有一天，她所听到的故事已经多到足够填满一整本书了。而且，这本书的书名已经被她起好了，就叫《后座轶事》。

我不认为我们之间有一段罗曼史，但是在奥斯高特兰之旅的数月后，我们两人又见面了。我保存了她的名片，每当我需要打车的时候，就会给她打电话。有时我会去米勒，有时我会经过那里去诺德玛卡滑雪，还有一次我打她的车去了一趟德勒巴克。九月里的一个星期天，我们一起去了索利豪格达，还有一个星期天我们去了北山。这两次游览活动都是她提出来的。这样的旅行当然不需要计费。

我曾在奥斯陆邀请安德丽娜去餐厅吃过一次饭。那一夜，我觉得我们有可能会变成一对儿。我拉住她的手，她起初没有拒绝，但是很快，她就将手慢慢地抽走了。她的神情有些阴郁，她注视着我的双眼，看上去就像是脆弱而紧张的猎物。很快，她拍了拍我的脸颊，就像母亲那样，或者像是一位伴侣，然后她告诉我她最近遇到了一个叫罗尔夫的男人。

之后，我再也没有联系过她。

*　　　　　　*　　　　　　*

很多年之后，我在《晚邮报》上看到了她的讣告。那是在2002年的新年。上面写着："安德丽娜不得不放弃对抗癌症，在家人围绕于她身边的情况下平静地离世了。"她的葬礼于一月八日（星期二）下午一点在同森教堂举行，葬礼之后，"欢迎大家去厄斯特海姆参加她的追悼会"。我毫不犹豫地前往了这一葬礼。

这一葬礼就举办在埃里克·伦丁葬礼后的几个月，地点也在西阿克尔。因此，当我走进同森教堂，突然看到伊娃同她的双亲玛丽安娜和斯维勒时，吓了一跳。他们都坐在第一排，靠近教堂中间过道的左侧。这一场景让我想起了电影《威尼斯疑魂》中的一幕——这个电影的挪威语名被翻译成了《死者的警告》——这是二十世纪七十年代上映的一部影片，在威尼斯拍摄，由朱莉·克里斯蒂和唐纳德·萨瑟兰主演。

他们尚未有机会看到我。我来迟了，牧师和一名年轻的金发女子正在与他们打招呼。我的直觉告诉我应该立刻逃离这一葬礼，但就在管风琴开始演奏的那一刻，我坐在了教堂最后一排的长凳上。

这是一间通风良好的教堂，差不多半数座位坐上了人。我注意到很多人都穿着奥斯陆出租车公司的制服。我走进教堂时，收到了一份日程表。我坐在那里，低头看着上面印着的四十多岁的棕发女子的肖像。这张照片拍摄于一辆红色的奔驰车前。

牧师的悼词以安德丽娜在曼达尔的青年岁月开始。之后，她讲述了安德丽娜从事了长达近三十年的出租车司机工作，她从未梦想过从事其他职业。接着，她讲到了疾病降临在安德丽娜身上，医生原本给她开了癌症的病危诊断，但是安德丽娜并不着急就医。之后，她带着这一不可治愈的癌症又继续开了整整三个月的出租车，直到生命的终结。

她总是将出租车的工作形容为一种自由的职业。在她生命最后的十五年里，她拥有了自己的车，就是那辆红色的奔驰。她从来没有将这辆车借给其他的司机，即便是在周末或假期她自己不开车的时候。

虽然她喜欢做一名出租车司机，但这一职业并非安德丽娜的全部生活。她有很多朋友，还有一个她深爱的家庭。她积极参与社会活动，特别是关于提高妇女的生活水平的女性权利斗争的事业。在她看来，出租车可以作为社会文明的一个前哨，它与对妇女的人格和价值的尊重有关。

安德丽娜还是一个书虫，她总是在车上带着书。每当停车超过两分钟的时候，她不会死盯着街头，也不大喜欢听收音机或音乐，是的，安德丽娜会读书。在出租车界鲜有人知，她还自己写作。在她青年时期，她的身体里就已经住了一个文学家，牧师这样说。很多年前，她曾经在一份周报上获得过一次小说创作奖，她的家人都知道这件事，牧师接着说。而那并不是她创作的唯一一部小说。多年来，安德丽娜一直在写小说，或是创作诗歌，并且由此获得了一笔很不错的额外收入。

接着，牧师讲到了她的爱人罗尔夫。十一年前，罗尔夫走进了她的生活，那时她才和皮特离婚没几年。牧师提到了皮特和安德丽娜唯一的孩子，他们的女儿安劳格，还有她的丈夫，亚历山大。他们有两个孩子，肯尼斯和玛丽亚。玛丽亚是安德丽娜的外孙女，在她离世前还曾被她抱在过怀里。

现在，我最害怕的时刻不可避免地来到了：结束曲和退场。

三男三女将棺材抬到了教堂的地上，他们都身着奥斯陆出租车公司的制服。牧师身后跟着罗尔夫、安劳格和亚历山大，然后是皮特的女朋友，或是妻子，可以理解，她的名字并没有被牧师提及。之后就是斯维勒、玛丽安娜和伊娃。我总算弄清楚了，斯维勒应该是安德丽娜的哥哥。

我想把自己藏起来，脑海中出现了"真想找个地缝钻进去"的念头，但这件事在现实中根本无法实现，我们只能在原地站着。

伊娃最先发现了我，她翻了个白眼。然后斯维勒和玛丽安娜也瞥了我一眼。因为葬礼还在进行中，他们很快就跟着队伍走了过去。

我也必须离开教堂了。教堂外停着灵车，棺材被抬上去后，它很快就开走了，送葬的人成群结队地跟在后面。天空阴沉沉的，没有一丝风，气温只有零下几度。停车场上、教堂的石板路和草坪上覆盖着一层很薄的雪，这是一月里不常见的低温天气。

我现在该做什么呢？我是不是应该偷偷地经过人群，迅速逃离呢？

但是我为什么要这么做呢？她是我曾经的一个熟人，尽管相处的时间很有限，而且已经去世。我为什么会无颜出现在她的葬礼上呢？只有我自己知道这对我来说意味着什么。只有我自己知道我现在承受着怎样的悲伤和痛苦，以及当我看到那篇登在《晚邮报》上的讣告之后受到了怎样的打击。

我为什么不能按照讣告上写的"欢迎大家在葬礼之后参加于厄斯特海姆举办的追悼会"，接着参加她的追悼会呢？我不是一次不落地参加过传统文化学习班吗？

伊娃不在教堂外面，她的表妹安劳格也不在。斯维勒和玛丽安娜站在外面，我在远处朝他们点头示意。我当然不在亲人之列。

这时，我想起了曾经在更早的时候见到过斯维勒和玛丽安娜。只要我能站在这里多审视他们两到三分钟，我就能想起我是在哪里见到他们的了。但由于羞愧的原因，我连两秒的时间都没有坚持住便转身离开，快速走到了几百米外我停车的路上。

我开车经过了奥沃勒中心，前往厄斯特海姆。在一条通往奥沃勒学校的陡峭的小路边，我看到了伊娃和安劳格，她们站在那里比画着手势。我把车开到另外一边，摇下车窗，问她们是否需要搭车。但是这对表姐妹不想坐车，宁愿走路。我可以理解，因为这样她们才能有机会说些私密的话，或许这也是唯一的机会。安劳格刚刚失去了她的母亲，而伊娃则失去了她的姑姑。亚历山大是开车来的，斯维勒和玛丽安娜可以搭他的车。

但是伊娃低下头，透过车窗对我说："我很好奇，你是怎么认识安德丽娜的。"

"什么？"她身上有股柑橘和薰衣草的味道。"你不会告诉我你是她的一名乘客吧？"我笑着说："是的，确实如此。我们遇见的时候，我就是她的乘客。"伊娃露出了一个高深莫测的表情。"遇见她……"她重复了这句话。我接着说："那不过是一次普通的打车。我们一会儿追悼会上再见吧。"我冲着两位年轻的女士挥了挥手，然后驾车离开了。我有种感觉，她们在一边走一边谈论我。当然，这很可能只是我的幻想。我有时会把自己想象得比实际上更重要。

我将车停在一个废弃的射击场前，这里距厄斯特海姆只有一箭之遥，此处的建筑物如今被人称为厄斯特海姆酒吧和宴会厅。这里是几个月前新建成的，大约一年前，那幢有将近一百年历史的瑞士别墅被拆除了，当地居民为此举行了强烈的抗议活动。

我站在维戈·汉斯廷和罗尔夫·维克斯特隆姆的纪念碑前，他们于1941年9月10日被盖世太保执行了死刑，之后就被葬在了这个射击场里。在这两个反抗者的纪念碑上刻着：

在那一天到来之前

这些孤独的遇难者发出了光

我不明白，这些年轻的战争英雄为什么是孤独的，这让我的心里感到有些刺痛，或许，我也感到有些孤独——即便是在并未和他们进一步比较的情况下。

从教堂出来的人陆续聚集到厄斯特海姆，一些人是步行过来的，一些人不得不花多一些时间找到地方停车。我走入宴会厅，站在人群中，然后找到一个合适的地方坐了下来。

这场追悼会有三四十人参加，其中有两三个身穿奥斯陆出租车公司制服的人。我和他们中的一人坐在了同一桌。这个男人看上去和我年龄相仿，他介绍自己名叫理查德，是挪威出租车协会的代表。牧师也坐在这一桌，她名叫蕾吉娜，这是她的一份新工作，她看上去三十岁出头。

我们这一桌没有安德丽娜的直系亲属，但是有两个表兄弟坐在我们的邻桌。

罗尔夫向大家表示了欢迎，然后简短地讲述了一年半前安德丽娜被诊断出这一疾病的伤心经历。他讲述了关于放疗、化疗，还有安德丽娜与疾病抗争的斗志和勇气，还有她最后的离世以及关心他人甚于自己的一些情况。

一名出租车司机，不是理查德，掏出了一包香烟，罗尔夫则在四处走动告诉大家关于就餐的信息，并且向大家宣布只能在户外的门廊中抽烟——尽管我们现在待的这个屋子已经经过了数十年的烟熏。

宴会招待了五种精致的三明治、椒盐卷饼、杏仁饼，还有咖啡和矿泉水。理查德问我是怎么认识安德丽娜的，是不是她的家人？

我向他讲述了我去奥斯高特兰的那次旅行，以及之后几个月里发生的故事，就如我已经告诉过你的那样，阿格尼丝。在我的讲述中，我只将部分事件的顺序进行了一点变换，或者是调换，主要是涉及语言学讨论的部分。在提到牧师的悼词之前，我首先讲述了与安德丽娜认识的经过。不过接下来，我的讲述将进入这一节点：我在厄斯特海姆的追悼会上站了起来，念出了我自己的悼词。

理查德对我的故事表示认同似的点了点头：这确实就是安德丽娜。我所形容和讲述的，是她这个人最典型的一面。理查德可以证实我提到的关于长途旅行中，在出租车上可能说过或发生过的一切。在听到安德丽娜关于《后座轶事》这本书的想法后，他忍不住笑了出来。然后他感叹说："为什么这本书没有被写出来呢？"

我注意到坐在邻桌的伊娃正在竖起耳朵听。罗尔夫在餐桌间来回走动，和那些前来参加葬礼却还没来得及打招呼的人寒暄，我也是其中一员。因此，他走到我们桌子旁边听着我的讲述。

我描述了奥斯高特兰之旅的几个场景，这是我和安德丽娜相识相知的过程。罗尔夫几乎有些无助和无力反抗地站在那里，令他奇怪的是安德丽娜从来没有告诉过他这件事情。

这时，蕾吉娜过来找他帮忙。我的意思是，她过来找我们帮忙，至少我现在确实需要一些回应。牧师提醒说我经历的这些一定都是发生在罗尔夫和安德丽娜相遇之前的事情。于是，我可以轻易地从这里开始继续讲。我说我和安德丽娜只一起去过市中心一次。我们去了剧院咖啡厅。她告诉我说她认识了一个叫作罗尔夫的人，而这也是我们俩最后一次见面。

现在，罗尔夫给了我一个坚实的拥抱，仿佛是在拥抱一位同志。伊娃一直都在认真听我的讲述，她在椅子上转过身来，面向我的桌子，问："你坐出租车的时候都要发票了吗？"

她的脖子上还戴着那条蓝宝石项链。我上一次见到她的时候，曾觉得那是她的第三只眼睛。现在我觉得，那其实是一个正在拍摄我的镜头。

有人起身到外面抽烟，罗尔夫趁机坐在我旁边的位子上。我们肩并肩地进行了关于安德丽娜的一段漫长的对话。难以想象，她竟然已经离开了我们！

　　我的脑子此刻处在分裂状态，一心二用。而罗尔夫的一只耳朵可能也"聋"了，导致他只听到和我的对话，因为当我们俩交换关于安德丽娜的悼词时，我无意间听到了伊娃和她邻桌的一个表弟的对话。她热烈地谈论着神话宗教信仰中的性崇拜，着重讲述了马格努斯·奥尔森对《埃达》诗集中《史基尼尔之歌》的解读。在这首诗中，繁衍之神弗雷派他的仆人西尼去女巨人嘉德那里，商讨关于他们在麦田进行的一次约会，即一次仪式性的性交过程。每当她说到那些性交的过程时，她就会提高音量，并且朝我的方向看一眼。弗雷和嘉德这一行为的动机在于增加和提高这一区域土地的繁衍力和产作物力，男人和女人在玉米地里发生性关系或许并不是什么非常特别的事情。伊娃最后离开宗教故事，开始谈论高潮——这一银河系中最为意义非凡的感觉，是的，她竟然认为高潮是宇宙的终极目的和意义。或许，她是有意在讽刺？或者，她只是过度紧张？

　　她说："想象一下，如果我们能够给予对方一种银河似的感官刺激，或者是我们自己可以产生这种感觉的话，我们就根本不需要另一半了！"

　　毫无疑问：她讲述这一切的时候在别有用心地看着我，或许她想暗示大家她其实是在针对我。但是这又是为什么呢？这是为了考验我吗？还是只是为了刺激我？

我已经受够了。我跟罗尔夫道别，准备在大部分人离开追悼会之前走掉。反正我只是一个次要的客人。我不欠任何人的。

当我穿好外套，准备离开的时候，伊娃突然靠在我的椅子背上，伸出她的右臂，摆出一副女性在古老的仪式中要求他人亲吻她们的手背一样的姿势。这是为什么？是为了羞辱我吗？这一行为在一定程度上表明，我属于一个完全不同的时代，我是另外一个时代的遗物？但我只是点了点头，然后说了再见。

我朝斯维勒和玛丽安娜挥了挥手。现在，这不会是一种错误了：因为他们俩已经认出我了！至少我能肯定这一点。之后，关于我们曾在什么时候在何处见面的回忆变得更加清晰起来。但是他们选择了不去面对我。我可以明显地看到玛丽安娜转过身去，望向了另一边。我再次注意到了斯维勒耳朵上那个红宝石一般的疤痕。

一秒钟后，我走出了宴会厅，也就在那一刻，我想起了一切：在尼斯山上！三十多年前，我曾经在那里见到过斯维勒和玛丽安娜。我们一起如嬉皮士一般地住在皇宫花园里。补充一句，对我而言，一切只持续了短短几个月的时间——在我变得理智之前。而玛丽安娜和斯维勒则在那里待了很久。

阿格尼丝，如果我们有一天能够有机会再次见面，我要告诉你关于我作为嬉皮士的人生的更多的内容，因为那是我生命中一段重要过往。现在，我想和你继续讲一些别的内容：你为什么要让我回去？你为什么不能让我离开呢？

我走到停车的射击场上，换上冲锋衣和冬天的靴子。几分钟后，我漫步在去往林德鲁德山的路上。现在这个季节，路上几乎没有积雪覆盖。

当我来到这个小池塘旁棕色的运动会所时，天开始暗下来。我曾经来过这里一次，当时我还是个大学生，带着一两升的啤酒到这里来消磨时间。

多年之后重新回到这里的感觉很奇怪。我记得这座棕色的体育会所当年是红色的。

下山的时候，不出所料，我遇到了伊娃和安劳格，尽管天色已晚，她们仍在往山上走。显然，她们已在家里换好衣服收拾了一番，或者同我一样，在车里备有冲锋衣。因为我们都是挪威人。

两个姑娘看到我的时候，都忍不住笑了出来。她们的反应应该是没有恶意的，但我却觉得自己又被嘲笑了。

伊娃肯定注意到了这一点，因为她现在，可能带有挑逗的意味，对着我说："雅各布，我已经查过了你的词源。你说得对！可能你关于出租车的故事也都是真的吧？你不必寄给我任何发票了。忘记这件事吧！"我不知道我是否弯腰了，或者我至少点了点头。但是我立刻就意识到我必须要让这种情绪远离我。我感到自己很脆弱。因为我是孤独的。不过，这位年轻的学者没能推翻我那些关于词源的观点给我带来了些许安慰。她九月份回家后查过了那些词源。她真的这么做了。现在，她竟然说我说得对！

安劳格开始拉扯伊娃的外套。她们俩肯定有很多要说的话，天快黑了，她们不能在这个晚上在我身上花费太多的时间。

但是我有展示自己的需要。我几乎有些慷慨地进行了一番陈词："我们很少会考虑这件事。但是日常中出现的普通词汇，如'牛'和'狗'、'道路'和'车厢'，或者是'轭'和'轴'、'空'和'丰富'，它们都来自印欧语系的大部分地方。但是如'什么''谁'这样的小词，还有'你'和'我'、'现在'和'不'，或者是数字一到十，不要忘记还有很多简单的前缀，如uendelig（无尽的）这个单词中的前缀u，它出现在很多已经在消失的五六千年前的词汇中，但今天我们能够逐渐通过利用一些已经通过保护而留存下来的语言的音节，来重建这些已经消失的语言。"

安劳格突然说："是吗？"她转过身对她的表姐说，"这么有趣啊！"

但我还是听出了某种讽刺意味，我试着看了看伊娃，然后说："这也适用于一些基本的语法结构。某些是如此的平庸，我们自己的所有格的语法规则已经被我们沿用了几千年了。"

"所以，你还没有放弃？我难道没有明确地表示过你是一个多么博学的人吗？"

我必须得停下来喘口气。在半黑的夜色里，我无法看清伊娃的面部表情，但是她刚刚所说的那句话，或许是出于尊敬，但肯定也有些讽刺的意味在里面。

我想起了我们之前那次关于印欧学的争论，我知道，它将来一定会因其主题的特殊性被再次提起。但对接下来要谈到的内容，我并不羞于再谈一次。或许这个对话要持续约十分钟，或许它将导致我们之间的关系消亡。

我说："让我来问问你：有如此多的语言，如此多的文化，它们都至少涉及了农业、畜牧业和不同的手工艺品，这些都已经传了几千年，为什么不能将宗教信仰与这件事一视同仁呢？"

我不知道她会如何反应。根据我之前的经验，她的反应都是不可预测的，如果她打我一巴掌的话，我也不会感到惊讶。这时，她的表妹又在拉扯她的外套了，这次显得更加坚决一些。

但是伊娃回答了我的问题。她说："虽然一些字词是继承得来的，甚至就是某一个神的名字，这也不意味着所有的神话，都像你说的那样。"她的表妹公然打断我们的对话："伊娃，你过来吗？"但是我已经让伊娃上钩了，因为她接着澄清道："比较语言学可以利用'音变规则'将古印欧语重新唤回。这件事让人着迷。但是在宗教历史中没有这样的'音变规则'。我觉得人类对宗教的想象力更加活泼一些，其可塑性和变化性比其文字本身的含义，还有你所说的语法结构要重要得多。可能不存在那种可持续的神秘结构。因为这种创造力非常人性化。"

我认为她给出了一个非常聪明且合格的答案。我也这么对她说了。不过，我又顺着她接着说："关于印欧宗教的比较研究是一门较为新型的学问，几乎处于还穿着尿布的婴儿时期，现在也许有将这个婴儿连同洗澡水一起倒掉的危险。"

听到我的话，两个姑娘都笑了。但是我不明白她们为什么会笑，或许这是一种人上了年纪的早期迹象：不再能够理解年轻人的笑点。

她们说要进森林里去，去找寻巨人和山妖。我祝她们"找寻工作"好运。

我走开几步后停了下来，听见安劳格在说："这个男人怎么回事儿?"

伊娃说："一个无耻的家伙，不过我现在不能多说什么……"随着她们慢慢走入森林深处，我听不到这对姐妹谈论的更多的内容了。

天空中的云逐渐散开，不一会儿，我就走到了山下的射击场，周围的环境清晰可见。

我思考着伊娃关于"高潮是宇宙的终极目的"这一离奇的说法。我朝着天空中的银河看了一眼，确信这种说法一定是一种"人类中心说"的夸夸其谈。星星是无性别的。或许这一问题毫无意义，在这个世界上并没有那么多的高潮。

有一些东西是超越了性别和性的，这是我的思辨。这漫天繁星即是如此。

     *   *   *

2013年5月18日，星期六，正是五旬节的前一夜。在维斯比市，天气是一种不常见的温暖的五月天。太阳已经落下了海平面，但是西北边的地平线仍旧是红色的。大海在短短半个小时前仍是明亮的蓝色，现在则变成了深蓝色。

我抬头仰望着天空中的那轮半月，能够看到月亮边沿有一圈黑暗的区域围绕着。

挪威语中，måne（月亮）一词和måned（月份）有关，它是今天仍被大部分印欧地区所使用的一个原始继承词。这个有六千年历史的词语 m‾enos‾ 被用于表达"月亮"和"月份"的含义，且它的词根mē有"测量"之意，在挪威语中，mål（目标）、måle（测量）、måltid（餐）这些词与之相关。meter（米）、mål（目标）和måne（月亮）都是它的同源词。

语言是相互关联的。各种语言在一起就像是一个大家庭，或是一个大家族。我能够感受到这一大家庭的强大凝聚力。

这也让我感到，我不需要深入瑞典就能够清楚地看出古老印欧语的词根。

在瑞典语中，mäta即为以*mē -①为词源的"测量"一词。

月份是用来测量时间的，一个月份的时间长度，即第一次新月出现到下一个新月再次出现的时间跨度。

---

① *和‾都是注音符号，用于提示发音。我们可以根据它们来辨别原始印欧语是如何发音的。

现在，我忽然意识到：距离你和我上一次在阿伦达尔的见面已经过去一个月的时间了。因为现在又出现了新月。

我将房间里的两扇窗子都打开，不停地有昆虫来"拜访"我，它们陪着我一直待到了第二天早上。

屋外的气温仍是二十度。

鲁纳尔

我现在必须跳回到很多年前，到我再次遇见埃里克·伦丁的后人之前。我要写的是关于他们的故事。你得明白，我必须避开很多东西。在我的故事中，讲述的标准或依据，是我一次或多次遇到埃里克的后人的那些经历，说起来不多也不少。这就是这个故事中间的那条红线，你很快就会发现，这条线最终会朝着你发展。

我现在要一下子穿越到 2008 年 8 月的卑尔根，当时我在那里待了一周的时间，正值开学前，我在桑迪维克的一个民俗研究协会上做了一个讲座。讲座的主题是从北欧地区地名的命名基础上推导出来的神话与宗教内容，这一研究分支的工作成果一部分归功于马格努斯·奥尔森。我主要讲了关于乌勒尔（Ull）和提尔（Ty）这两个北欧神话人物。

乌勒尔主要被使用于挪威某些地方以及瑞典中部地区的地名中，例如：Ullern（于勒恩）、Ullensvang（于勒恩斯旺）、Ullevål（于勒沃尔）和 Ullevi（于勒位），但是在丹麦和冰岛则从未出现过类似的情况。乌勒尔在神话传说故事中并未扮演着最重要的角色，随着宗教的不断发展，他逐渐成了《老埃达》和《新埃达》中老一代的代表。乌勒尔这个名字来源于日耳曼语中的 wulþuz，意思是"辉煌"或"光荣"，这很有可能是关于天堂的化身。

提尔则未在挪威或瑞典中部任何地方的地名中出现过，但是它却出现在了丹麦的很多地名中。这个神在世界神话故事中扮演了一定的角色，我们可以在《挪威王列传》的故事中找到关于它的描述，而且它很明显地在《老埃达》的描写中占据着比维京时代之前的神话人物都更为中心的位置。我们所讨论的是一个日耳曼共同的神，它可能是联系天空和苍穹的神。

提尔这个名字来源于日耳曼语中的 tiwaz，意思是"神"，复数为 tívar，我们可以在星期中找到这一神的名字，如 tirsdag（星期二），意思就是"提尔日"。这一词与古日耳曼语中的 deiwos 一词有关，意思是"神"，梵文为 devas，拉丁语为 deus，它也与吠陀教中的天神 Dyaus、希腊语中 Zeus 和拉丁语中的 Fader Iov，即"朱庇特"同源。在拉丁语的分词中，表示"在广阔的天空下"。这一词根还与印欧语中的 dag（天）一词有关，在拉丁语中为 dies，来源于外来词 diett。这个古印欧神 Dyeus 是"天之神"和"日光之神"。很多迹象表明，北欧人曾经崇拜过乌勒尔或提尔，但没有两者同时崇拜过。又或许，乌勒尔和提尔这两个名字其实代表着同一个神？它们都是天神，且都与联系这一功能有关，它们很有可能是不同的名字通过北欧的神殿纪念着的同一个神。马格努斯·奥尔森简单而坚定地认为"乌勒尔和提尔是一个神的名字"。

但是也有人说,这两个神的名字可能以另外一种更富有想象力的方式相互联系着。提尔可能是北欧夏季时的天空之神,因为这一词与印欧语中"天"和"日光"有关。而乌勒尔则是北欧冬季时的天空之神,因为这一名字来源于日耳曼语中的 wulþuz,意思是"辉煌"或"光荣",这可能暗示着冬天的明亮星光。在北欧的冬夜中,有明亮的星光,在挪威和瑞典都有北极光,这种天光对人来说是一种神圣而深不可测的体验。在历史上,乌勒尔曾被称为"雪之神",明显具有冬季的特征。

这段文字中得出的结论超出了我的职责范围,不过这些就是我所讨论的问题。有一天晚上,我梦到了我正在进行一个以埃里克·伦丁为主题的讲座,同时,我们在围着松恩湖散步。虽然距离我上一次见到伊娃已经过去很多年了,也或许正是因为如此,我才能承认我在进行这场讲座之前的数日里一直在做一个白日梦,就是她会突然出现在桑迪维克的这场讲座的会场里,坐在第一排的椅子上(《卑尔根时报》上面登了一个关于这一讲座的小广告)。我对这一关系有种执念,我把它叫作"恋情"。而且我很怀疑,这个年轻的天才是否会愿意在她的手指上戴上什么,或许她会在讲座结束时拍拍手,带头开始鼓掌!

但是佩勒·斯克林多在那里。他坐在那里,听了我的讲座,他甚至还记下了我说的一些话。我们很少一同出现，但是这一次我们出现在了同一场合。当我站在讲台上，或许忘记了我要讲的一两个要点时，我绝不会反对让佩勒抓住关键词，把我重新引回正轨上，当然，这是最坏的情况。

你应该记得我和卑尔根的渊源。我记不清是否在乘坐回阿伦达尔的车时对你讲过了，不过我会谈谈这一话题。

我父亲是卑尔根人。我在这座汉萨同盟时期的城市里还有一个表兄，但我从未见过他。我会在挪威西部的八月中旬学期开始之初习惯性地在这里待上一周的时间，并没有任何家庭的原因。

另外，看到自己写下"习惯性"这一词也有些奇怪。因为我已经完全习惯了"独自一人"。值得指出的是，当一个人开始建立内心对这种习惯的尊重时，它并不牵涉其他人，而只关乎自身，这一习惯的力量显然很容易发展成许多人所说的"强迫症"。但是我不这么认为。我对我与自己所达成的这一协议给予了充分的尊重。关于这件事，我不会再多说什么了。

过去几年里，我为自己曾在卑尔根的方纳、乌斯或奥萨那这几个地方举办了讲座而感到很高兴。我凭借自己在民俗研究方面的努力在西部地区获得了一些名声，不光是在卑尔根，还有哈当厄尔和松恩："鼓舞人心的讲座……关于印欧语之间联系的独到分析视角……关于北欧社会联系的充满趣味的根源追寻……"还有"最佳拍档雅各布森和斯克林多暴风一般席卷了这里的会议……"

每次来卑尔根的时候，我都会住在挪威饭店。我总是会在八月八日入住，这一天是我的生日。认识多年的前台接待员总会对我说："雅各布先生，我们在您到来后开始设置时钟，欢迎来到卑尔根！"

我很喜欢这种欢迎方式。他们很用心，这带给我一种归属感。

挪威饭店里很少会有客人住满一周的时间。

*　　　　　*　　　　　*

今年，当我乘飞机抵达卑尔根时，《卑尔根时报》上的一则讣告震惊了我。鲁纳尔·弗里莱去世了，这是在非常悲惨的情况下发生的，因为讣告上说他"2008年6月死在卡尔法勒自己的家中"。

阿格尼丝，你肯定听说过这件事。特鲁尔斯肯定告诉过你。你说过你和他一直保持着联系。

2008年6月，鲁纳尔于自己家中离世。而我想提的是在他的讣告出现的前所未闻的事情。这一讣告上写着死者将"在8月14日下午3点在莫勒达尔的小教堂下葬"，而这已是他死亡数周后。阿格尼丝，你肯定听说过这件事！最后，讣告上写着："所有认识鲁纳尔的朋友，都欢迎前往特米努斯饭店参加他的追悼会……"我在想：鲁纳尔，他们到底对你做了什么？

我必须去参加这一葬礼，我已经下了决心。不过，倘若我不是已经来到了卑尔根，我可能不会这么做。愿意进行翻山越岭的旅行的前提是，我必须在那一天偶然看到了《卑尔根时报》上面的那篇讣告。

当时如果我是在议会大道或卡尔·约翰大街的一家小商店里面，肯定不会得到鲁纳尔离世的消息，因为我在东部地区家乡的时候不习惯买《卑尔根时报》，而会买《晚邮报》等其他报纸。

我最初的计划是在这周四找到那家饭店，也就是8月14日，然后我能够有足够的时间回到奥斯陆，这也就是我们所说的"规划日"。但当我订机票的时候，我还是在挪威饭店多订了一晚，并买了一套黑色礼服。

周四那天，我很早就来到了位于豪普的小教堂里，我看到了丽莎和乔恩-皮特·伦丁坐在第一排椅子上。我还看到了西格丽德，她在她外公葬礼后一直担任追悼会的主席。这让我忍不住打了个寒颤。我完全没有预料到他们与鲁纳尔·弗里莱之间竟然还有亲缘关系。

西格丽德坐在托马斯旁边，他们紧紧地挨在一起。七年前，在埃里克的葬礼上，他们带着两个孩子，莫滕和米莉亚姆。当时，我很快就了解到了这一家庭中的喜事。但是现在，在这间小教堂中，我没有看到那两个孩子。

阿格尼丝，我不知道这是为什么，不过我猜想，可能那两个孩子的年龄尚小，不便出席。

我仔细地研究了那篇讣告，并且已经有一种感觉，这次的葬礼是在一个审查程序下进行的。我的意思是它有一定的年龄限制。

在第三排座位上，我认出了弗莱德里克，2001年初次见到时，他还是一名法律系的学生，现在他开始了商业律师的职业生涯，我在之后的几个小时里得知了这一情况的详细介绍。还有他的弟弟，乔金，他曾在法格伯格高中上高三，如今马上就要完成他的医学学业，之后会在一个进行医学研究的地方开始实习。弗莱德里克和乔金都和他们的妻子或伴侣坐在一起。

我一开始就明白了，丽莎肯定是鲁纳尔的妹妹，然后我想起了她在她的公公的葬礼后曾在一张桌子上用清楚的卑尔根方言高声说过这件事。

当天晚些时候，我将了解到坐在小教堂前面的那些人，他们是丽莎和鲁纳尔的其他兄弟姐妹，也出现在了讣告上：俄温德、伯恩特和米尔德利德，还有他们大约五十岁的配偶。在那些二十岁到三十岁左右的年轻的家人中，我注意到了一些可能是侄子、侄女的人，或许还有男女朋友等。

我选择坐在教堂的最后一排，尽管前面还有空位。伦丁家族的人都没有注意到我。

牧师是一位四十多岁的秃头男子，操着一口明显来自松恩霍德兰地区的口音，我分析他应该是来自波姆卢。在悼词中，他以介绍逝者开始，我记忆中重现的内容如下：

"今天，我们为了向鲁纳尔·弗里莱进行最后的道别而相聚于此。

"他是一位兄长，一位弟弟，一位叔叔，还是一位叔公。

"鲁纳尔出生在一个精英家庭，是家中最小的儿子。自童年起，他就得到全家的祝福。正如英国玄学派诗人约翰·多恩所写的那样：'没有人是一座孤岛/可以自全/每个人都是大陆的一片/整体的一部分/任何人的死亡都是我的损失/因为我是人类的一员/因此/不要问丧钟为谁而鸣/它就为你敲响……

"但是我们都知道，在鲁纳尔长大后，他过着与家人分离的生活，远离他自己的家庭。他在孤独和极度悲伤中死去。作为牧师，在这个孤独的棺木旁，我有义务提醒大家，鲁纳尔其实有很多的兄弟姐妹。但是他们都没有接纳他。相反，亲爱的人们，他们都在让他离开。

"在这样的葬礼前，我总会与逝者亲属进行一次漫长而细致的交谈。我会通过这些交谈勾勒出关于逝者的一幅画像。但是这一次，我几乎是空手而回。我黯然回家。我回到家后，脑海中满是八卦和抱怨。

"这件事不会过去，那些鲁纳尔的兄弟姐妹们，二十年来，你们与自己的兄弟未曾在同一屋檐下居住过。除了住在奥斯陆的丽莎，她不能参与到我们的谈话中……"

教堂里，无一人落泪。但耻辱的感觉开始出现在这里。我觉得我可以闻到它的味道，那种物质化了的窘迫感变成了令人作呕的腥臭味，一直飘到人们的鼻子里。

牧师接着说："鲁纳尔是一位优秀的商人，非常卓越，因此，他能够在他的双亲离世后花钱买下他们家在卡尔法勒的老别墅，并付清他兄弟姐妹那部分的钱。他将那栋房子粉刷一新，用了鲜艳的颜色，并在花园里和花园外种上植物，这栋房产的内外都明显地留下了他的标记。

"但是，有件事没有逃过我的注意，那就是在这个家里，关于这件事的普遍看法是，鲁纳尔以非常便宜的价格获得了这份家产，而且他还对它进行了过于大胆的改变。最初几年里，作为这栋房子的所有者，他努力地想让这个地方成为大家族的一个聚会地点，例如在圣诞节、新年时，还有在他四十和五十岁生日的时候。因为'没有人是一座孤岛/可以自全/每个人都是大陆的一片/整体的一部分'。但是鲁纳尔的热情好客是徒劳的。他所有的希冀恳求都是一场空。

"鲁纳尔有同性恋倾向，他最初曾与克努特在卡尔法勒同居过数年。克努特在1988年11月因艾滋病离世后，鲁纳尔的世界崩溃了。之后的几年里，他曾经有过一些零星的新关系。其中的一些朋友或熟人，曾与他短暂地同居过，但是他们都不是真正的伴侣。

"见面！对我们中的一些人来说，这样有限的时间中的相遇或者是约会是生命中必不可少的一部分。因为我们除此之外一无所有。每个人都不能得到终身婚姻的赐福。每个人都无法获得有子孙的保障。

"鲁纳尔从来都没有找到一个能够代替克努特的人。他从未建立自己的家庭。而当他迫切地想要开始新的尝试，邀请兄弟姐妹和他们的伴侣周日来自己家中吃晚饭，或者过圣诞节的时候，他们，我指的是你们，不断地拒绝着自己的兄弟，也拒绝着他的来访，让鲁纳尔的邀请如石沉大海一般，毫无回响。

"最好不要说这一切。但是我必须要补充说，我在鲁纳尔的隔离中看到了一种残忍的东西，而且它在亲友间获得了共识。就如你们其中一人所说的：'我们必须忍受着听下去，因为它是真的。'"

牧师看着下面的送葬者，这时，已经有些人开始啜泣，特别是坐在最前排的人。牧师让这种浸入灵魂的悲伤紧紧地抓住了会场的气氛，然后他继续用更加温和的声音说：

"奥斯陆的人，鲁纳尔用这一名称来称呼丽莎和乔恩-皮特、西格丽德、弗莱德里克和乔金，当他们来到卑尔根的时候，总会与鲁纳尔联系，每当他们中有人来西部地区的时候都会这样做。之后，西格丽德和托马斯，还有他们的孩子与鲁纳尔叔叔建立了联系。在我与这个家庭中其余的人进行了不成功的谈话后，我最后打给了西格丽德……

"那是在今年5月末的五旬节假期里，你们来到卑尔根，在丽莎从小长大的这座位于卡尔法勒的大别墅里住了一周的时间。你们有五个床位，并点燃了壁炉里的火。你们享用了精心准备的晚餐，还有酒窖里的陈年佳酿。西格丽德，或许如你所说：好像被这个家族中其他人所蔑视的一切所款待着。你们是这个家族中最后见到他的人。没有人知道在这之后鲁纳尔发生了什么。没有人提到过这之后的事情。

"在五月最后的那些日子里，鲁纳尔一直忙于和莫滕与米莉亚姆一起在那棵老梨树下修建一座小房子。在那棵老梨树下，他挂起了一个秋千，让小奥莉维亚在他们都爬到树上时能够有事可做。因为他们的爸爸妈妈当时在格里格音乐厅，或流连于剧院、电影院和霍尔贝格餐厅。

"这就是几个月之前发生的一切，爸爸和妈妈之后并没有再与他们的鲁纳尔叔叔联系。"

这时，牧师又一次戏剧性地停顿下来，于是我开始思考我和死者之间的关系……

*　　　　　　*　　　　　　*

我可以与鲁纳尔的家人分享我和他在七八年前如何在挪威饭店认识的故事，当时鲁纳尔坐在他固定的位置上看着费斯特广场和珑格高德湖。但我不确定他的家人是否了解鲁纳尔的这一晚餐习惯。

当时，我独自一人坐在餐桌前，他坐在旁边一桌。于是，我们两个单身男子开始了交谈，一开始谈的是关于天气的话题，因为当时卑尔根已经有很多天没有下雨了，这是一个很常见的开场白。

我们第一次见面的时候，坐在一起吃了甜点，喝了咖啡。晚餐结束后，我们已经有了共鸣，很快就达成了共识，我们两个都是同一种"外人"，在我们生活中都是这样普遍认为的。此外，在家庭关系中，我们都出局了。我们或许都可以被定性为"一座自全的岛"。

鲁纳尔没有学过日耳曼语言学，我对他所知的领域也一无所知，特别是关于商业领域。因此，我们之后的几次见面并不算愉快，但在不少问题上却能相互启发。

有时，我会邀请鲁纳尔和我一块进行比较语言学的多彩景观调查。

他的出发点如同一块白板，因为他对我所说的"词源""继承词"和"音变规则"一无所知。他也不明白我所说的"印欧语"。但是当我谈论印度语、伊朗语、希腊语、拉丁语、日耳曼语和斯拉夫语时，他偶尔能跟上一些。我告诉他，波罗的海的立陶宛语是印欧语中至今存在着的最古老的语言。不过关于凯尔特语，我则需要解释得更多一些。大多数人都没有意识到，凯尔特人曾一度占领了欧洲大陆的大部分地区，在日耳曼部落，如哥特人、法兰克人、盎格鲁人和撒克逊人将他们压制在不列颠群岛的北部和西部地区之前。

我们第一次谈论这些我研究的课题时，关于"继承词"，我向他举了一些例子，或许能够引起作为商人的鲁纳尔的兴趣。我开始讲述关于印欧词语中和 fe（家畜）这一词的关联词汇，家畜在历史上曾一度被作为支付手段，而且在很多地方仍在使用。

果然，他坐在那里，饶有趣味地看着我，竖起耳朵仔细听着。

挪威语中的 fe（家畜）一词来源于古日耳曼语中的 féhu-，最早可以追溯至印欧语中的 peku-，意思是"牛"或"羊"，在拉丁语中我们能够看到 pecus，即"家畜""牛""羊"，或者在梵语中的 pāsú-。在日耳曼语的词根中，我们可以看到同样的词根。古挪威语中的 fahaz-，转变为"fær（得到）"，后来变成了今天挪威语中的 får（得到），表示"得到羊"的意思。在一系列的印欧语中的古继承词中有一些源于财富，例如古挪威语中的 fé 指"货物""财产"和"金钱"，它们有同样的日耳曼词根，即哥特语中的 faihu，今天的英语中为 fee，表示"费用"。我们在拉丁语中找到了一个类似的发展，pecus表示"财产"或"财富"，还有外来词pekuniær，以及拉丁语中的pecuniarius，代表"货币"或"金钱"。

我可以告诉鲁纳尔的家人，我和他每年会见一两次，每次都是在八月份的晚上，在学校开学之初的时候。因此，我为他这个夏天没有与我联系而感到不解，因为他总会在七月份的时候给我打电话，但是我以为当我到了卑尔根的时候就会立刻接到他的电话。我们从来都没有交换过电子邮箱之类的其他联系方式。

我不能将我们俩比作密友，因为我们离密友的关系还有很远的距离。我其实也并不愿意一个人这样翻山越岭地来参加他的葬礼，但是因为我现在仍在卑尔根，我不能不和鲁纳尔——我多年来在挪威饭店共进晚餐的朋友，做最后的告别。鲁纳尔的家人听他提起过我。我还记得，当他说起他的兄弟姐妹、侄子侄女的名字时，目光中充满了悲伤。但是，当他谈起克努特时，他的眼睛一下子亮了起来。

全部加起来，我们俩一共吃过大约十次晚饭，而且每次都伴有很好的葡萄酒、白兰地和咖啡。有几次，我试着向他要用餐的收据，想要支付我的那部分餐费，或者至少回请他一次。但是鲁纳尔认为作为教师的我工资实在是太低了。有几次，他同意让我来付钱，我觉得这是我们两个能够保持这样平等的对话伙伴关系的基本条件。他直言，或者我们都说过："发自肺腑，直抒胸臆。"如果他不同意我的观点时，也会反驳。他希望我和他一样直接。

多年来，我们变得很熟悉。我们还从来没有在挪威饭店之外的地方见过面。也就是说：我们经常以酒吧的一杯酒结束见面。但是他从未邀请我去过他位于卡尔法勒的家。

＊　　　　　　　　＊　　　　　　　　＊

来自波姆卢的牧师现在已经放弃了描述几个月前在那栋老别墅里发生了什么的画面。我之后则得到了关于它的信息，在之后与西格丽德漫长的谈话过程中，它出现了，以下是一些主要的线索：

那天，鲁纳尔走进地下室，显然，他是想去冰箱里拿什么东西，并且有很多迹象表明，他很可能是为了拿一块放在威士忌里的冰块，因为之后在他家客厅的壁炉台上发现了那杯酒，已经自然蒸发掉了。

鲁纳尔的冰箱位于一间巨大的地下室里，那里曾经还摆放着自行车、滑雪板和婴儿车。现在，那里只有冰箱。鲁纳尔没有孩子，也不骑自行车或是滑雪。他的精细自然也不允许那个老的地下室门把手一直留在那里，因为他将所有的旧东西都清除了。

从他接管了这幢房子开始，他就一直和这个有安装错误的门锁的地下室生活在一起。这个门锁的问题在于，需要钥匙才能从里面打开这扇牢固的防火门，从外面则不需要钥匙就能轻易地打开。这么一来，就不会被关在地下室外面，却很有可能被锁在里面。

二十世纪六七十年代，几乎每家都会在地下室门内侧锁孔里插上一把钥匙。或许这正是当时人们会经常将钥匙落在门内，不得不一遍遍找来锁匠解决这一问题的原因。当孩子在家里的时候，这是一种额外的预防措施。每当有人在地下室里，总有人提醒在旁边放些东西，例如在地下室的防火门旁边时常放着一个2.5公斤重的砝码。如果有人不小心将自己锁在了里面，忘记将砝码放在门和门槛之间，紧急情况下可以用那把一直插在里侧门锁里的钥匙打开门。

但是，六月中旬的那个傍晚或是夜里，当鲁纳尔走入地下室的时候，或许已经命中注定，当时那个砝码没有放在它应该在的位置上。他可能忘记了这件事，但是他完全可以用钥匙打开门回到客厅里。现在的问题是，那把钥匙当时并没有插在门内侧的锁孔里。

那把钥匙是如何和为什么会被拿出来的？或许是放错了地方？无人能够解释。无论是鲁纳尔的兄弟姐妹，还是警察或消防员都找不到原因。或许鲁纳尔住进来时就没有拿到这里的钥匙，或者是钥匙丢了，各种各样的推测都是事后先知。鲁纳尔当时可能忘记那把钥匙已经找不到了，因此，他在进入地下室关门的时候，忘记了将那块砝码放在门与门槛之间，用它挡住门从而将自己锁在了独居的这栋大房子的地下室里。不确定的是，那一晚，那是不是他第一次去地下室拿冰块。

在这间地下室里，有一把很好的手电筒，可能是因为天花板上的顶灯不亮了。在鲁纳尔几周后被发现，人们进入里面时，天花板的灯是不亮的。这个手电筒也一定是因为电池耗尽才不亮的。他在电筒光下待了多长时间，人们只能通过猜测才能知晓。但根据他留下的证据表明，他一直在节省用电。他一直害怕待在完全的黑暗中，至少几秒钟的光明就能驱散黑暗的存在。当电池被耗尽时，一切都结束了。这里变得黑暗无边。

如果鲁纳尔只需要一两块冰块放在一杯威士忌里，他为什么不拿着酒杯来到地下室？这个问题很容易回答，答案就是他只有两只手。一只手要拿着沉重的手电筒，另一只手则拿着手机。后者或许暗含着一个有意味的细节，鲁纳尔拿着手机的原因可能是有人要给他打电话，他不想错过接电话。

我特别提到手机这件事，是因为鲁纳尔如果带着它进了地下室，进行求救就不是问题了。但是就在打开门锁，拉开大门的时候，他将手机随手放在了门外的砝码旁。当门被关上时，他手中只有那个手电筒，而手机则无可挽回地留在了他无法触及的位置，导致了他现在的命运。

在之后的日子里，他应该听到了几次电话的响声，有时会响很久。关于这一点，他还留下了证据。此外，他还采取了其他措施。或许他曾经大叫过几次，但是他是在一个被巨大的花园围绕着的大别墅的地下室中大吼大叫，而且除了他自己没有任何人能够将他锁进去。

他至少听到过一次有人按门铃，他可以在地下室听到。人们发现是DHL①曾试着给他送来一个包裹，里面有一些老电影的录像带，是弗雷德·阿斯泰尔和金格·罗杰斯主演的。

---

① DHL：一家创立于美国的运输公司，目前由德国邮政集团全资持有，是目前世界上最大的运输公司之一。

这听上去就像是一部惊悚片。可能在去往地下室的路上鲁纳尔还捡起了一个伊丽莎白·雅顿牌子的口红,这是西格丽德上个月来看她的叔叔时丢在大厅或放在这里的。鲁纳尔将这个口红一块带进了地下室。它将扮演一个重要的角色。毋庸置疑的是,它是西格丽德的。

当那扇门在鲁纳尔身后关上的那一秒,那一秒啊,阿格尼丝!一直到他在地下室里咽下最后一口气时,警方认为这之间大约有两周的时间。这不是一个非常精确的判断,因为在一切发生之后,等到警察打破那扇坚实的铁门,让鲁纳尔的尸体被法医检验时,已经又过去了几周,然后就是这场葬礼。

他在那个冰冷的"茧"中生活了两周的时间。他能够在那里生活这么久的时间,完全是因为那台冰箱。那里有足够鲁纳尔生活几周的食物和水。除了面包、肉饼外,还有冰葡萄汁、黑加仑汁和梨汁。从鲁纳尔接手这幢房子后,他就是一个喜欢园艺的人。最后,一定是因为缺少喝的东西导致了悲剧,因为冰箱里还有一些面包和肉,但是已经没有蔬菜、饮料和果酱了。

当然了,这一特殊的生存条件还伴有一些其他环境状况。但是在这里,我选择不讲述细节,因为一些迹象表明鲁纳尔在他生命最后的日子还做了一些尝试。地下室的房间有四个角落,冰箱只占据了其中的一个。

阿格尼丝,你一定听说过,或许知道得比我还多。或许丽莎也曾因这一家庭悲剧而感到羞愧，所以她选择了保持沉默？我没有任何立场说它是可以被避免的。无论如何，我们俩在这件事发生的几年后见面了。

"你身在深深的悲哀中，我则在让自己妥协，它一定成为家庭中的一部分谈话内容。"

你一定知道一些事情。我们在几周前那次漫长的长途旅行中没有谈论这件事，确实让人有些难以理解。不然，我们大部分的话题应该都是它。

我永远不会忘记你告诉我的关于你的表哥掉进井里的那个故事。它可能与你和特鲁尔斯如何一起长大有关。他成了一位神经学家，而你，阿格尼丝，则成了一名心理治疗师。神经学和心理学，如此的相互关联，又是如此的不同。

我很明白，当特鲁尔斯和丽芙-贝莉特在一起，并将她带到这个与你们俩的童年密切相关并一直共同拥有着的天堂时，你有多么的吃醋。是的，我能够理解这一点，你会感到不安和痛苦。于是，你最后做了唯一正确的事情。你让丽芙-贝莉特变成了一个值得信赖的朋友！

现在回到那次乘车旅行上来。当我开始讲述关于印欧语言学的时候，你坐在乘客的座位上专心地听着，这一奇迹，如同我所说的那样，这个奇妙的冒险森林中充满了各种词汇生物，有它们自己的记录，还有亲缘关系的继承词，大约和关于"猫科""菊科""雀科"或"啮齿科"这些主题的生物一样充满了丰富的变化。

      *   *   *

鲁纳尔生命中最后几小时里的想法被他用西格丽德的口红画在了墙壁上。在昏暗的地下室中发现了他的书面记录，然而，因为这些记录有些语无伦次，因此很难被破译。上面的一字字、一句句都很难解释，需要凭借一些其他条件才能解释清楚，有一部分完全是主观臆测。这里所有的文字几乎都无法读出来，它们可能是在黑暗中画出的一些标记。关于这些模糊的字迹，一方面可以归结于信息的解读，另一方面可以将它归结为书写工具的问题，以及在写作的最后，书写工具的颜料逐渐枯竭。

　　别人是这么告诉我的，我也觉得很有道理，当我将鲁纳尔在地下室的记录和公元200年的古代北欧文字进行比较时，也有一些发现。我们将自己的眼光放在古日耳曼人的思想和头脑中，在我们已知的历史上，可以看到公元400年的那首著名的诗歌《金色号角》：我就是，霍尔特之子，取得了号角……

　　中世纪北欧文字的记录中，有当时社会媒体以及日常生活的信息，例如，当我在斯塔万格的时候，英格伯格爱上了我。

　　这些零散的北欧文字已经有超过一千年的历史。它们在时间之海中只是一些很小的孔隙，但是也是一定的空间，因为古代的北欧文字在整片日耳曼地区都可以找到，这是因为人类的迁徙覆盖了大部分的欧洲地区。

　　当鲁纳尔用西格丽德的口红在地下室的墙壁上留下记录时，可能只能通过一些零星的内容表达他在死亡之前的想法和感受。墙上没有文字能够表明鲁纳尔在被发现之前抱有任何希望。

　　鲁纳尔的葬礼之前，他的兄弟姐妹以及他们的伴侣和孩子，都到位于卡尔法勒的那幢老别墅进行了一番查探。在他们验尸之前，他们觉得欠自己的兄弟一次最后的拜访。这是他们无法逃避的一次忏悔。那幢别墅迟早都要被出售，而鲁纳尔没有立过遗嘱。

　　当他们从一个房间走过另一个房间的时候，有的人目瞪口呆，有的人发出了深深的叹息，但是没有人试图阻止彼此。

　　这座他们长大的房子，已经难以认出来了。在前厅，以前的那些艺术风格的旧家具被放在入口，而大客厅则被改造成了一个简单的家庭影院。厨房进行了现代化的装修，旧桌子被移除了。书房里，传统的红木书架和上面所有的古文物和书籍、旧地图被清除，换上了充满现代感的摄影书籍、艺术书籍、电影杂志和故事片的录像带和DVD。几乎所有的生活内容都进行过几次全面的装修改造。只有餐厅被完整保留下来了，包括那四幅蒙克的作品。

　　现在，地下室的一切都被清理干净了，鲁纳尔的兄弟姐妹集体来到这里。他们也不希望这样的事情发生。这是他们之间的一种要求，一种责任。

　　他们已经提前从警察那里拿到了调查报告。清洁公司要求他们不要触碰墙壁，他们表示同意。这里之前曾经被粉刷一新，这些兄弟姐妹认为他们必须走进这间地下室，亲眼看看鲁纳尔在这间可怕的死亡之室中写下的内容，这是由于羞耻的原因。或许这至少是他们应该说服自己的一件事。

西格丽德曾私下非常生动地对我讲述了关于这些兄弟姐妹重新参观这座他们从小长大的地方，还有这趟地下室之行。她提到一些在鲁纳尔的追悼会上没有被提到的事情。

西格丽德强调说，鲁纳尔与我的交往对他来说是一件非常重要的事情。他没有很多朋友和熟人。他的这位迷人的侄女告诉我说，鲁纳尔其实是一个非常害羞的人，他并没有与任何陌生人联系的习惯。因此，当我们在挪威饭店的餐厅相遇时，一定是我身上的某些特质，让他能够这么快地为我打开他自己。我认为这是一个令人愉快的评价。听到有人这样说，总是很让人开心的。人们其实太少和别人说这样友好的话语了。

在鲁纳尔留下他的字迹的其中一面墙的最上方，写着"墙上的文字"。俄温德、伯恩特、丽莎和米尔德利德认为这或许是鲁纳尔写下的第一段话，可能是一个标题或题目。这几个字相较墙上的其他字来说，更在一条直线上。

那扇门在鲁纳尔身后关上的几分钟后，或许他便有了一个明确的计划，要在这里留下他最后的话。或许他还想到有一天，他的兄弟姐妹会站在这几面墙前。现在，事情确实这样发生了。丽莎认为她的弟弟为他的家人创造了一个能够了解他生命中最后的几个小时或几天的机会。

地下室的房间一共有四面墙，四个继承人分别站在一面墙前，起初小声地读着上面的内容，后来声音逐渐变大，让别人也能听到。

在西格丽德所引用的内容的基础上，我现在试着从这个"语料库"中复制出一些东西。为了要得到一些流畅的话语，我不得不求助于一些诗意般的自由想法。

墙上的句子主要分三类。一类是关于鲁纳尔在地下室里的感受，另一类或许可以被称为最好的格言警句和哲学小品，而第三类则可以看作是我们所说的自白文学。

鲁纳尔在墙上写着：

糟糕、糟糕……电话铃响了……手机又响了……门铃响了，已经有好几个月没有人来敲过门了，那一定是个推销员……我大喊、我尖叫……没有人听到我的声音……手机又响了，响了很久……手电筒变暗了，我必须要省着点用电……害怕失去光……睡着了……房间里很臭……最后有光的几个小时……不知道现在是白天还是黑夜，是中午或是午夜……又睡着了……梦见我游进了一条很深的通道里，并要去试图揭开一切的谜团……梦见了如海豚一般地游进了最为神圣的地方，但是一切都被遗忘了……

手机又响了，我猜应该是西格丽德……亲爱的西格丽德……当我不接电话时，你一定给我发了信息……睡了又睡，从一个冒险故事中醒来，又进入另一个……脑袋开始发热，现在又开始冷却……不能放弃希望……西格丽德，只有你能救我了……莫滕、米莉亚姆、奥莉维亚，我是不是再也不能留在你们身边了？

这些白色的墙壁上还有一条非常不同的内容：

我们是鬼……难道只有我看出了我们都是山妖吗？……虚无的反面是一切，一切的反面是虚无。将我的虚无拿走，将我的一切还回！……虚无可以说一切……银河就像是百老汇的戏剧街……地球生病了，五十亿年前就长了肿瘤……上帝有可以被批评的地方。他最为无耻的一点，或许就是他不存在这件事。不过没有关系，人无完人……如果没有意识存在的话，或许这里会有完全不同的事物，例如格门（gmein），或者是格罗因（gloin）①……一代又一代……然后请注意，在树枝上出现了全新的鸟，发生了一次岗位变化：Kvirevitt②！

他还写了：

---

① 格门（gmein）与格罗因（gloin）：均为作者造出的无意义词汇，代表某种新的生命存在的名称，因为原文中的鲁纳尔正处于精神状态极不稳定的状态。其中gloin或取自托尔金小说的虚构人物的名称。
② Kvirevitt：一种新鸟的名字。

啊，我爱我的生活，爱这座城市，这些群山；我还热
爱那些躺在床上的漂亮男孩们……克努特，你现在在哪
儿？……我最近在这里遇到了一个志同道合的人，这是多么
不可思议……

每当鲁纳尔听到门外手机铃声的时候，他就会在墙上记录下来。
当他最后被人发现的时候，警察检查了他的手机，当时手机的电池已
经被全部耗尽。之后，他们将通话记录告诉了他的亲人。

所有的电话都是西格丽德打来的，当鲁纳尔走进地下室时也是在
等她的电话，最后也是她在她叔叔一直没有回复电话后报了警。她非
常担心他会出事。他可能是生病了，而且没有办法照顾自己。

西格丽德一直坚持认为，应该有人过去看看鲁纳尔。可是当时卑
尔根没有任何一个叔叔或阿姨愿意去做这件事，所以她认为这应该是
警察的职责。但是警察在采取行动之前又拖了一些时间。因为有人说，
她的叔叔经常会长途出差。但是最后，警察还是决定打破这幢古老的
别墅的大门。他们很快就意识到，需要向消防局寻求帮助。

这四位鲁纳尔的别墅和其他遗产的继承人，他们站在写着红色文
字的地下室的墙壁前看了很久。这是最后的机会，他们不断地交换位
置，通过他们的兄弟留在墙上的绝笔，对鲁纳尔有了一番新的认识。
第二天，所有的墙壁都被粉刷一新。

格蕾特·西西莉

2011 年 12 月 22 日，我又参加了一场葬礼。

这场葬礼在维斯特雷公墓一座超过百年历史的教堂中举行。我在这场葬礼之后的追悼会上见到了你，阿格尼丝。我们从来没有和对方打过招呼，但我在教堂里已经认出了你，你一定是格蕾特·西西莉的妹妹，因为你们有同样的闪闪发光的眼睛。

在这场葬礼上，我还见到了埃里克·伦丁的后人。埃里克的女儿丽芙–贝莉特，还有你的表弟，特鲁尔斯，以及他的女儿，图娃和米娅。当时，我还不清楚你和他们的关系有多么的亲密。

十年前，图娃曾经在她外公的葬礼上用优美的歌喉演唱了《豪格图萨》，当时米娅还是一个只有十五岁的瘦瘦高高的女孩子，而她现在已经变成了一个二十五岁的时髦的大姑娘了。或许她会比她年长五岁的姐姐长得更漂亮、更优秀。她现在在做地产经纪人的工作。如果我不知道她的职业，只是猜测的话，可能会把她的职业想象得完全不同。不过，俗话说"有其父必有其子"，也可以说"有其姐必有其妹"，她的外表肯定能够帮助她卖出许多的公寓。

我为什么要和你说这些呢？你肯定从小就和图娃、米娅认识了。

在过去的十年里，我还从来没有见过他们家这一分支中的什么人。虽然奥斯陆是一座很小的城市，挪威也是一个很小的国家，能够在一个葬礼上再次遇到同一个家族中的成员依然是一件充满了神秘色彩的事情。这一次已经是我第四次遇到他们家人了。

我的耐心很好，因为我参加了每一场葬礼，我已经见过埃里克所有的孩子了，第一次是在安德丽娜的葬礼上，我见到了玛丽安娜、斯维勒和伊娃，第二次是在鲁纳尔的葬礼上，我见到了乔恩-皮特、丽莎和他们的孩子。这一次是丽芙-贝莉特、特鲁尔斯和他们的女儿。

难道伦丁家族和我之间有什么潜在的联系吗？

我觉得提出这个问题是很必要的。我会在我之后的讲述中展示这一条关系的红线，在我的故事中，会有一种史诗一般的统一，而且会有一个非常合理的解释。到目前为止，可能会有什么东西阻碍这一看法，但是我保证我会再次回到这一话题，进行解释。

格蕾特的讣告中写着：我挚爱的女儿、亲爱的姐姐和妹妹、姑姑、阿姨和姑婆，格蕾特·西西莉·贝尔格·奥尔森，她出生于1959年2月8日，在2011年12月13日的奥斯陆，被无情地从我们身边带走了……

这一戏剧化的讣告的签字人有格蕾特·西西莉的母亲妮娜，兄弟杨-乌拉夫和于勒夫及其妻子诺伦和英格丽德，最后，还有你，阿格尼丝，你们这些年轻一辈的兄弟姐妹们，列在那些普通的"其他亲属"之前。

我不认识你们，但是我很清楚我在《晚邮报》上看到格蕾特·西西莉的讣告之前那种因她的离世而带来的悲伤气氛，这都是我通过媒体的报道和一位教研室的同事了解到的。

格蕾特·西西莉在这座城市的另一边工作，她是一名数学和物理学的讲师。她还有天体物理学的博士学位。

我还记得，有一天下午，当时离圣诞节还有两天，我正在经过弗罗古纳尔公园边上的停车场。

我那时非常忙碌，每天都在课堂和教研室里工作。在学校里，有些学生很好，我们能够相互尊重，相互理解。但是，我发现还有少部分学生会轻易地就因这种被语言所充斥的灰色氛围而感到无聊，而这也让我同样感到无聊。印欧语中的发音规则是如何与这些年轻人正激烈喷射的睾丸素进行对抗的呢？现在是冬天，天空很阴沉，只有零下一两度，没有风。在去往教堂的路上，要走过草地和墓地，林荫道两旁是光秃秃的橡树，上面还留有清晨时分下的一层薄薄的初雪。很多墓前都已经亮起了蜡烛，虽然距离圣诞节还有几天。很多人显然已经离开了这座城市，去度圣诞节的假期了。

我看了看我的左边，扫了一眼吉普赛女王洛拉·卡罗利庄严的坟墓。同时，我想到了在圣诞节到来之前，格蕾特·西西莉突然离世的悲剧……

当时，她正要过伯格斯塔路，旁边其实有一个人行横道，但她可能没看清，冬天昏暗的天色里很难发现它，而且那天下午雨下得很大，还刮着很大的风。在距离霍尔特大街还有一个街道的距离时，她横穿马路，被一辆有轨电车撞上了。格蕾特·西西莉当场丧命，那名电车司机也很快就被撤职了……

你肯定知道，我不喜欢揭开别人的伤疤，但是这是你要求我做的。你让我将我对那天的感受分享出来，而且你明确地说是一整天的感受，包括当我接近一大群站在这座用花岗岩和石头建造出来的老教堂前的人群时，心里是如何想的。

我在入口的时候就注意到了一位熟人，图娃。我知道和这位年轻的女士站在一起的，一定是她的妹妹，米娅。她们已经不再是十年前初见时那些稚拙的十来岁的小孩儿了。两个姑娘戴着帽子，一起来到她们的阿姨的葬礼上。是的，她们的阿姨，我知道格蕾特·西西莉是特鲁尔斯的表妹。虽然丽芙-贝莉特保留了娘家的姓，我还是发现了特鲁尔斯那一桌人的姓都是贝尔格·奥尔森。在埃里克·伦丁的追悼会上，他曾经吹牛说，他实际上是那位传奇的北欧历史学家马格努斯·奥尔森的一个远方亲戚，而牧师也在埃里克的悼词中提到了这件事。我在看讣告的时候漏了这件事。这是一个大错，但是有时人需要很多名字才能抓住线索。

图娃和米娅很快就被拉进了教堂里，我不认为她们当时看到了我，应该是在几小时后进行的追悼会时才注意到我。图娃看到我后怔了一下，我知道她一定是听说我参加了同森和卑尔根的两场葬礼的事。我可以从她警觉的目光中读出这一点。

从这一点来说，我又出现在这里确实是件非比寻常的事情，这是我从她的角度出发得出的结论，也是我必须要强调的。

图娃看我的表情就像是看到了一个幽灵，这让我很不舒服，因为它并不是一种愉快的感觉。

在文学作品和电影史中充满了各种关于人们遇到鬼时是如何受惊的描写。但是鬼的反应是什么样的呢？从鬼魂的角度来看，他们也必须要忍受面对他们的后人这件事，虽然他们已经死亡，而他们的后人依然活在这个世界上。

或许鬼魂也有感情生活。从文学的角度来看，我觉得他们有些太过悲惨。我们可以举一个类似的例子：在很多电影和故事中，都有关于人类在遇到一个外星生物后受到极大惊吓的内容。但是那些外星生物呢？当它们遇上我们的时候，它们又该如何反应呢？我们难道不应该至少给予它们一些让它们或许会感到恐惧的同情心吗？

我们也是超自然的。借用德国宗教历史学家鲁道夫·奥托的一句话来说，我们人类也代表着一种"mysterium tremens et fascinans（令人畏惧又痴迷的奥迹）"。除了我们人类以外的生命会被停止，我们是深不可测且神秘的。但是我们却看不到自身的这一点。我们不会为自己而感到惊讶。或许我们是这个宇宙中最大的奇迹，但是我们在日常的意识中却全然不觉。试想一下吧，或许会有人来到这里发现我们！

就在图娃被吓了一跳的同时，我也感到有些不寒而栗。她让我从外部审视自己，我的意思是，将我自己看作一个特别奇怪且神秘的对象。就像是在捉迷藏一样：捉别人的人和被发现的人，两个人相遇时都会发出一些尖叫。

你还记得吧，牧师在他的悼词中强调了格蕾特·西西莉是在圣露西亚节①当天去世的。当他提到这一点的时候，教堂里的电灯忽然闪了一下。你还记得吗？

外面的天色已经变黑了，那一天是冬至日，是一年中最为黑暗的一天，有那么一秒钟，室内只有蜡烛燃烧发出的光。我认为当时我们中的很多人都感到了格蕾特·西西莉的一种特殊存在，几乎无人将这一刻电器的突然闪烁当作一种巧合。而这件事对这场聚会产生了一些影响，在那之后，当我们再次抬起头，望着那口放在挂着冰冷的玻璃画的端墙前，几乎被洁白的花朵淹没了的棺材时，心情就越发难受了。

之后，牧师将格蕾特·西西莉已经在地球上贡献了自己的生命与研究天空中遥远的星火进行了一番对比。我很清楚格蕾特·西西莉对

---

① 圣露西亚节：瑞典传统节日，为每年的 12 月 13 日，依据瑞典传统历法，12 月 13 日被认为是一年中最长和最黑的夜晚。而 12 月 13 日过后，夜晚时间开始缩短，白昼时间渐渐增加，象征着光明，所以瑞典人以节日的方式庆祝这一天，并把这一天称为"迎光节"。

天体物理学的兴趣，还有她的科学贡献。我曾经研究过她的博士论文，即便是对我这样一个业余的人来说，这篇文章都是非常有趣的。光是标题就已经很吸引人了：人类的意识是宇宙的意外吗？

这个题目立刻引发了我的思考，它一下子进入了我的身体。我回过神后想，这个问题一定是全世界最适当的一个问题。但是在我阅读了很多次之后，还是被学术委员会能够接受一篇科学论文有如此普通的题目而感到震惊。

我不需要你确信我读懂了格蕾特·西西莉工作中涉及数学的内容，我确实基本上没有看懂。但是感谢她文章中明白的论述，让我知道了很多关于原子物理学的知识。是的，阿格尼丝！我进行着非常危险的思考，从宇宙大爆炸之后夸克、胶子、等离子体，到原子核与电子壳层，到恒星、行星，到活细胞、神经细胞，再到神经元的突触。这就是意识——对这一宇宙的广泛承认与认可！关于宇宙大爆炸——目前仅有的了解——在一百三十亿到一百四十亿年之后，会召唤出自己的投影。这是值得注意的一点。

格蕾特·西西莉将自己和她的全部存在都放在一个宇宙的角度来看。我们的语言中有如"全球的"这样的词，但在你姐姐那里，这个词的意义可以有一种意外的拓展，这个古老而陈旧的词可以被"地球的"，或"星球的"这样的词替换，都是对于事物的时空位置的一种陈述。

人类问：我是谁？当格蕾特·西西莉提出这个简单的问题时，宇宙本身也提出了问题：我从哪里来？我要到哪里去？

人类通过智慧"捉住"了宇宙，并将其置于自己的怀抱中，试图"夺取"它的秘密。在读过格蕾特·西西莉论文的前言后，你肯定已经对这些观点非常熟悉了。虽然兄弟姐妹之间并不会经常这么熟悉彼此的领域和工作。但是这种亲缘关系会有一种融入自己的趋势，而且从某种角度上来说会成为一种几乎盖过这种关系的具有普遍性的趋势。

　　我在教堂里看到了那个身材高大皮肤黝黑的男子，他也曾出现在埃里克·伦丁的葬礼上。

　　我认为我们在巴克克鲁恩的餐厅那里集合前，他应该没有注意到我。不过因为那里场面很大，所以我可以躲开他。一想到需要和他四目相交，并且不可避免地要和他点头致意，我就感到非常排斥，因此，在这间多功能特色的餐厅里，我努力地找寻到他所在位置正对着的另外一边。最后，我和你坐到了一桌，阿格尼丝。餐厅里面都是长长的桌子，它们被紧密地排在一起，在我们旁边的一桌坐着图娃和米娅。我记得图娃在她坐下之前曾回头莫名其妙地看了一眼，好像是她在避免和我坐在同一桌似的，但是这场"音乐抢座"①的游戏很快就结束了，这位年轻的歌手没有什么选择了。

------

① 音乐抢座：一种游戏，人们将数把椅子围成一圈，椅子的数量少于游戏人的数量。当音乐响起的时候，人们围绕着椅子走动，在音乐结束后，需要立刻坐在椅子上，没有坐在椅子上的人被淘汰。

我觉得米娅当时并没有认出我来，因为十年前，对当时的她来说，我完全就是一个陌生人。我当时其实已是一个上了年纪的中年男子，完全不是她会感兴趣的对象。

我所在桌子的人都互相认识。只有我是一个例外。我是他们之中和格蕾特·西西莉关系最远的一个人。

出于本分，或者是为了能够在非正式的谈话开始之前，在这张桌子营造出一种正常化或放松的气氛，图娃看着我说："我们以前见过。你是不是我外公的学生？"

我点了点头。

"日耳曼的神和学者会在松恩湖这里散步吗？"

我又点了点头。这位年轻女士的好记性鼓舞了我。与此同时，米娅也肯定想起了我是谁，即便她当时年纪还更小一些。之后，我们坐在了同一桌。不光是图娃、米娅和我，还有他们的父母，丽芙-贝莉特和特鲁尔斯。她肯定听说了我也在这里。对她来说，我依旧是一个怪诞的人。

我注意到，图娃向我提出的两个问题，并不是为了自己的好奇心，也不是为了证明任何事情，而是在小心地使她的妹妹知道我是谁。

因此，没过多久，我就必须要向他们解释我是如何认识格蕾特·西西莉的。所有人的目光都转向了我。你也知道，因为你当时就坐在这些疑问的目光之后。但是，你给我的指示是让现在坐在哥特兰岛饭店房间里的我，将所经历的与格蕾特·西西莉有关的一切再次复述一遍。

我当时讲了一些关于格蕾特·西西莉热爱大自然的事情，作为我的开场白。她的这一面让我想到了亨里克·维格兰[1]。她爱到山间，松恩峡湾和西挪威地区对她有一种特别的吸引力。她会高呼，越处在未被人类开发的自然中，越让她自己变得纯净、不受影响。只有在海拔极高的高山上，人们才有可能体会到没有被人踏足过的自然。

你几乎是充满了热情似的点了点头，鼓励我继续说下去。我接着说：

"格蕾特·西西莉大约七岁的时候，就开始对我们所处的这个宇宙充满了兴趣，这并不意味着她对自己所处的这颗星球上的多样化生活视而不见，因为可能是天上的星星在测量地球上一只蝴蝶或是一只蟪蜒的复杂性？在她青年时期，就开始询问关于地球上的生命是如何出现的这样的问题。天文学最深刻的那些原因就像是她所居住的一所郁郁葱葱的花园。而这里的冒险究竟是如何创造出来的？"

你又点了点头，我觉得非常感激。因为这是为了我能够继续同围坐在这张桌子上的人分享悼词。你微笑着。

我说："格蕾特·西西莉可以尽情地嘲笑人类关于鬼神的各种观念，她经常说，她根本不相信宗教。虽然我在她身上看到了一种自然的神秘现象。她能够将一枝紫罗兰放在两个手指间，然后说没有任何紫罗兰是一样的。对自然界中的每一个个体的人和世界上的一切，她都会用独特的视角去观察。这个世界上的一切，无论是我们这颗星球上大自然里的

---

[1] 亨里克·维格兰：Henrik Wergeland（1808-1845），挪威著名诗人、剧作家、历史学家和语言学家，一生创作了大量爱国主义诗篇，是挪威文学史上的重要代表人物。

东西，还是外太空里的东西，都最终会跃向一种原始的力量或地方。无论是一株甜冰川毛茛，还是站在一个树枝上的腹灰雀，它们都用这种庞大的戏剧性承担着整个宇宙。它们不亚于一个月亮、一颗小行星，或是一个黑洞的意义。虽然组成一切生命的最小组件都是在"大爆炸"之后的一秒钟内的第一毫秒里面决定和形成的。构成我们的原子，是在大爆炸之后从星星中被炸出来的，射入了太空中……"

你第三次地点了点头，这个内容引起了你的兴趣。但是我怀疑对于米娅这个房地产代理来说，是否能够明白我在说什么，还有我为什么用这么严肃认真的方式说话。

我已经说过了，我是一个讲师。你问我是不是格蕾特·西西莉这么多年以来一直工作的学校里的同事，我们究竟是如何结识的？对于这个问题，不只是图娃一个人感到疑惑。

我告诉大家，我是在很多年前见到格蕾特·西西莉的，当时我们在西挪威的厄斯特博的一座度假别墅里。我们两个人当时都是单身的客人，而且实际上我们是坐着同一趟公交车到达的，但两个人非常独立，一点儿都不需要对方……

现在，你看上去有些不安，不过并不明显。我不知道原因为何。说我们俩当时都是单身有什么问题吗？如果我那时没有判断错误的话，这难道是件坏事吗？

我们俩一起喝了杯酒，第二天一大早一起步行通过了壮丽的瓦斯别迪山谷，然后打电话叫了一辆出租车，下山到了弗洛姆地区的弗雷特海姆饭店。

米娅立刻皱了皱眉，瞟了一眼她姐姐，露出了一个有些生气，甚至是嘲弄的表情。就像是她好像随时都有可能打断我的话一样。但是，在她要说出什么之前，你用严肃的目光看了看图娃，然后说："米娅，你不要这样。"之后，你将同样的信号发射给了围桌而坐的所有人。

你看着我又点了点头。你请求我接着说下去。我详细地描述了我和格蕾特·西西莉一块去奥兰斯达尔冰川峡谷的徒步旅行。我还向他们吹嘘说，我们进行了关于人类现在生活的这个宇宙中实际存在的深刻对话。被人类称为暗物质和暗能量的东西是什么？还有最重要的：什么是"大爆炸"？我们面对的不仅仅是进入太空这件事。我还描述了徒步旅行中，我们是如何在百花绽放的山间研究各种植物。我当时走得双脚酸疼，我们点燃了篝火，还在河里裸泳。

是的，我们说到了关于"双脚"的话题。我们进行了徒步旅行，我得到了一次很好的机会，能够专注于自己的学科领域。我试着用我研究词源的热情来感染格蕾特·西西莉，我当时从我保存着丰富的古印欧语词汇的"珠宝盒"中挑出了一些宝贵的例子。例如，印欧语中的 fot（脚）这个词。我告诉她，在古北欧语中，脚是 fótr，在英语中是 foot，在德语中是 Fuss，它们都来源于日耳曼语中的 *fot，而这一词又可以追溯至印欧语中的 *ped-，它是一个我们今天能够在整片印欧地区都可以找到演化的一个词根。例如在梵语中，脚是 pad-，在《法句经》①中是 pali，意思是"步"或"节脚"，在拉丁语中是 pes，所有格为 pedis，在外来词汇中我们可以看到 pedal（踏板）和 pedikyre（足部护理），在希腊语中是 poús，我们还会见到外来词 podium（讲台），即人站在上面的地方。说到这里时，我看了一眼图娃，然后接着说，例如当人们朗诵古老的神圣诗歌或是演唱《豪格图萨》。

好的，让我来具体描述一下我和格蕾特·西西莉是如何在那一天的下午入住弗雷特海姆饭店后去吃的晚饭。我们两个很自然地都已经提前预订好了晚饭。我们在那里吃了一套有四道菜的正餐，然后我们一块儿在夜间游荡，并在饭店的小花园内进行了新的更加深刻的对话。

这时，你打断了我的话。你用一种说不出来的同情的目光看着我，然后说："但是格蕾特·西西莉当时瘫痪了啊。她在经历了一场可怕的车祸之后，自六岁起就瘫痪在床。这也是为什么她会在七岁的时候就有了第一个望远镜……"

"好的，"我只能说，"好的。"然后你接着说："在她开始学习认字之前，她告诉我们她曾经观察过天空。她能够坐在轮椅中，用调好的望远镜，持续数小时不停地观察木星的卫星。而它们则是距离我们有数百万光年距离的位于仙女座星云的我们这里月球的陨石。虽然她的人生自那场车祸后就一直瘫痪，但是这样的障碍并不影响她能够以光速运动。"

我有些惊讶，因为我的谎话被揭穿了。但是这种感觉很好。它给

---

① 《法句经》：梵文 Dhammapada，出自巴利语，意为"法之路"，是从佛经中录出的偈颂集。

我带来了一种和解与安慰，让我能以健康的心态面对这场斗争的失败。

我去参加追悼会之前，一定已经饮了几杯鸩酒。米娅听得目瞪口呆。她看到了一个传说。她现在头一次知道了她以前只是听说的事情。图娃依然保持着她那有些鄙视的目光，表情完全僵硬，仿佛带着威尼斯狂欢节上的长鼻子面具一般。

当更多的人来到这里时，我望了一眼会场。我开始思考离场的问题。我感到有些疲惫了。自从母亲去世之后，我感到自己时常陷入疲累。当我在市中心的布里斯托尔饭店的温室或是大陆酒店的大厅喝了一杯酒之后，就感到自己变得勇敢了。

那个身材高大、皮肤黝黑的男人正坐在餐厅的另一边愉快地谈天说地，他身边围了一圈人，或许因为这是一个相当狭窄的会场，所以我们两人所在的桌子离得并不远。一瞬间里，我成为他目光的牺牲品，我注意到了他脸上的冷笑。他胜利了。

我站起身对你说："请你替我向其他人致歉。我一定是参加了一场错误的葬礼……"

我该如何形容你那时的表述呢？并不严肃或严格，你用了询问句开头。你只是说："一场错误的葬礼？"

我的脑海中一片空白，在如此尴尬的情况下，我只好说："我的意思是，我认识的那个叫格蕾特·西西莉的人或许还好好地活着呢。"

这话很是荒谬。这个世界上能有多少个叫"格蕾特·西西莉"的人的博士论文写的是天体物理学呢？

我向门口走去，但你立刻抓住了我的胳膊，让我停下。你劝我继续参加追悼会。你明白我在这里待得很不舒服，但是你请求我不要走。

我觉得你的反应既矛盾又神秘。就像你最后说的：你认为我已经对你的姐姐进行了最为全面准确的描述。你对我塑造出的这幅人物肖像感到感谢。我所说的一切都是简洁而富有个性的。只是有一点说得有问题，就是关于格蕾特·西西莉在世时不能走路这件事。当时，这件事没有在教堂中被牧师提及。而且这件事也没有被登在报纸的讣告上，这是她的家人明确表示出来的愿望。对一个发生过交通意外的人来说，使用自己的腿来行走或坐在轮椅上并没有太大的差别。我的同事与格蕾特·西西莉一同进行科学研究多年，从未对她瘫痪这件事发表过任何议论。对格蕾特·西西莉个人和发生在伯格斯塔路上的那起事件来说，这一信息都不是必需的，是不重要的。

阿格尼丝，但你也说了，你宁愿你的姐姐真的进行了那一场徒步旅行，希望她能够和一个像我一样的男人，用她的双脚进行一趟真正的旅行，走到双脚酸痛，身上的T恤被汗水浸透，点燃篝火，在河边洗澡——她可能会在那间老饭店的花园中，一直进行关于存在问题的对话直到深夜。

在我的故事中，唯一不恰当的，就是那个在崎岖山地进行的徒步旅行。但是就如你所强调的那样：现在，我已把这个故事给她了。我给予了格蕾特·西西莉一趟徒步旅行。

我被你的宽恕感动了。当我后来离开追悼会的时候，我记得我弯下腰，给了你一个拥抱。不，我知道我这么做了，虽然这并不是我这样的一个人会做的一个典型的行动，而且对我来说做起来也并非易事。但其实我拥抱的并不是你。我透过你将拥抱给了格蕾特·西西莉，我谦逊的旅途同伴。

当我转过身，走向门口去取我的外套时，我听到你对坐在桌子旁的其他人说："我不知道他为什么会出现在这里……"

我还是不明白，既然如此，你又为何要几乎是央求着我不要半途离开这场追悼会。

在巴克克鲁恩外的一片小草坪上，我发现了一个伫立在大理石底座上的漂亮的小女孩儿的青铜雕像。我弯下腰，看到这尊雕像的基座上有一块金属牌子，上面写着这是由托尔·沃创作的作品，命名为《七岁》。

我站在那里，一下子爱上了这个女孩儿。我从来没有像这一刻似的这么想要有一个孩子。这让我不禁有了一种异乎寻常的感觉。我想要一个女儿！

这个雕像女孩儿的年龄正好和格蕾特·西西莉得到她的第一个望远镜时一样大。但格蕾特·西西莉在这么大的时候已经坐在轮椅上了。

佩　勒

　　我在二十世纪七十年代初的时候来到奥斯陆，之后开始参加葬礼。

　　我来自哈灵达尔一个叫作奥尔的小城，在首都没有什么认识的人。母亲在前一年去世了。从我六七岁开始，就再也没有见过父亲，但是我很清楚地记得他的样子。他有一头长长的黑发，鼻子上面还长着一个很大的疣子。他很爱笑，几乎没有什么事情不会让他发笑。

　　我的父亲叫爱德华·雅各布森。他是卑尔根人。奥尔只不过是我父亲当时旅行中的一站。从我出生起，到我开始学会走路，在院子里跌跌撞撞地走路，并学会在木材垛和谷仓里面躲猫猫之后，我不记得他是否在奥尔继续住过。但是在我模糊的印象中，他似乎回去过一次。我的母亲从来不会向我提及这类的问题，我也从来没有问过她。因为这些问题已经没有什么意义了。无论如何，自从我五六岁开始，她就已经是一个单亲母亲了。她保留着一些我和父亲的照片，那些照片中，我们或是在河边穿着长筒靴用钓鱼竿钓鱼，或是在家里的院子里面，还有几张是我们和一些从瓦茨来的朋友一起在雷纳斯卡维山上的合照。

而这些都可以作为父亲从来都没有在奥尔居住过的一种标记。当时，人们不会在他们天天生活的地方拍照。我认为母亲当时拍这些照片是为了证明我曾经有一个父亲而已，而这也是一种家庭背景的证明。

　　我开始上小学的那年夏天，正是八月初的时候，母亲带我去参加霍尔日①的一场骑马婚礼。他们以这种方式举办婚礼要么是追求一种正规的、传统的结婚形式，要么就是为了展示古时候的哈灵达尔的婚礼是如何举行的。我们参加了一场盛大的婚宴，之后大家跟随着新人沿着霍尔斯峡湾行走，那个场景就像是在八月中旬欢庆挪威国庆节似的。我其实记不太清楚了，因为我当时只有七岁，不过我记得我们去了霍尔的地方博物馆，母亲还给了我一些钱，最后我通过抽奖活动赢得了一个很精致的手工制作的木偶。那个木偶就是佩勒，或者说是佩勒·埃林森·斯克林多。他在我的讲述中出现了很多次。

　　阿格尼丝，你是见过他的。我注意到，在我们准备从阿伦达尔出发的那趟乘车旅行的一开始，你第一次见到他的时候，他就给你留下了很好的印象。你说过，你是喜欢他的。在我们的车开出去几公里后，你说自己已经完全地爱上他了。

　　若是将佩勒排除在外的话，我现在也不会给你写这封信。我是代表我们俩写给你的。

---

①　霍尔日：挪威霍尔市每年8月份举办的一场传统婚礼活动，该活动首次举办于1957年，主要是为了展示挪威的民族传统，包括服饰、音乐、舞蹈等。

当我将佩勒第一次抱在我的手臂上时，他的高度能够达到我的肩膀。而在母亲怀里，他只能达到她肘部的高度。

　　就像你所见的那样，斯克林多先生永远处在他最好的年纪，他没有固定的职业，穿着深蓝色的西服上衣，上面有银色的纽扣，下身是白色的裤子。当我还是个孩子的时候，我一直相信他是一名船长。不过我现在不这么肯定了。我不知道他的过去。他就像是一个被领养来的孩子：在他来到我的生命以前的事情，我一无所知。但是从他出现的那天起，我们俩就几乎形影不离。

　　在那个八月的下午，从霍尔回家的路上，佩勒开始和我说话了。我非常认真地聆听了他的那些大胆的言论，并且用最真诚的心回答了他的问题。之后，我们开始了这一场终身的对话。

　　在我们俩聊天的时候，我从来都没有质疑过那不是佩勒本人说出的话。我知道，他只不过是不得不借用了我的嗓子发出声音而已。

　　斯克林多先生的到来是我人生中重要的一个分水岭。例如我在1959年的那次霍尔日的活动之后，再也没有见过我的父亲了。如果我的父亲曾经见过佩勒的话，我不会忘记这件事的；而且我的父亲也绝不会忘记这件事，因为佩勒非常善于交谈，善于用言语表现自己。他能够说出我无法说出的话，而且可以通过各种方式挑起话头。

　　你在阿伦达尔已经见识过佩勒的厉害了吧。他能够向你提出很多直接而大胆的问题，而这些问题都是我永远不敢提的。我觉得他当时可能有些越界，因为他并不认识你，也从来都没有见过你，但是你却向他打开了自己的心扉，而且没有被惹怒。你只是看着佩勒的眼睛，真诚地回答了他所有的问题。

当我们摇摇晃晃地开在18号高速公路上时，我转过身面对你，告诉你我为斯克林多的无礼行为而感到抱歉，但是你却说我不能为佩勒所有的玩笑话负责。我很赞同你的看法。我觉得你说的很对而且很有道理。我觉得自己不用为这个家伙所说的一切负责任。

不知为什么，我总有一种感觉，如果我的父亲真的见到了斯克林多先生，而且不得不没完没了地应付他的这些关于真实和真诚的理想化言语"挑战"，他或许会一把抢过他，然后把他的脑袋拧下来，或者更有可能的是：他会把他扔进火炉里面。

父亲并不是一个暴力的人，他从来不会对我施暴。他也没有任何理由要这么做。他到底能够有多么宽容，这是一个悬而未决的问题。我从来没有测试过他。但是我觉得他应该忍受不了佩勒。

从我开始上学，佩勒就一直是我生命中最重要的一个支持者。唯一的间断发生在我和我的妻子住在一起的那几年。在那段时间里，他一直悲惨地生活在壁橱里，为此，我也觉得很对不起他。当他从壁橱里面出来的时候，我目睹了我的妻子是如何鄙视他的，这让我感到很痛苦。

当我像个孩子似的和佩勒交谈的时候，我们一般是在谷仓或是木工车间里，俩人聊天的声音也会很大。我用自己的声音说话，佩勒则会借用我的声音，用比我的声音更加低沉一些的方式说话，这是佩勒自己的声音，尽管他是这么地依赖我的嗓子来为自己发声。有时，当他一直不停地说啊说啊的时候，我会生气。因为最后嗓子疼、声音嘶哑的人是我，不是他。木偶的嗓子是不会疼的。

我们俩说话时，很容易就能够区分出谁是谁。这不仅仅是因为我们俩的声音不同，还因为我们俩的脾气不同，对很多事情的看法也不一样。尽管我们这么亲密地生活在一起，我们对于一件事情的看法能够有多么不同，还是非常明显的。

有时候，当我们其中一方想要停止谈话，休息一下的时候，也会发生争执。特别是在晚上的时候，每当我想要度过一个安静的夜晚时，佩勒总是想要和我聊天，我不得不嘘他，让他安静。最近的几年里，这种情况尤其多，让人感到很烦恼。我第二天要上班，所以得好好休息。因为我必须要做一个精力充沛的任课教师。而佩勒不同，他每天只要待在家里享受生活就行。在我成年之后，每当我不想再听他继续说话的时候，我只要将他从我的胳膊上拉下去即可。但是，我还是个孩子的时候，却做不到这么狠心。

而现在情况发生了变化，我无法否认这一点，而且我也没有任何抱怨的理由。现在有的时候，我自己会去找佩勒，但是他却如同牡蛎一般沉默，可能是他因为什么事情不高兴，也可能只是一种报复，又或者是因为在他的世界里，他已经有了足够丰富的内容，不再需要与我对话。从我的角度来看，他是在拒绝我。我试图强迫他回应我，我用我的左胳膊摇晃他，朝他大喊，但是无济于事。

随着我年龄渐长，佩勒也逐渐不再需要借用我的声音来说话了。我买润喉糖的次数越来越少。我们开始越来越多地通过一种心灵感应的方式进行沟通，很快地，当我们处在同一间房子里时，我们已不再需要用声音来交流。我培养出了一种能够从脑海里听到佩勒说话的能力，我只需要思考就可以回应他的问题。佩勒能够知道我在想什么，而这也是我一直引以为豪的事情。另外，我要说得更加明确一些：在这件事情上，我不认为这是什么"超自然"的能力。因此，我会认为这是一件"壮举"。

当然，在我们的交流中并没有什么绝对的规则，因为即便是当我们之间没有物理上的距离时，我也可以通过低声细语或者是高声大喊来回应佩勒。当我在奥斯陆乘坐火车或汽车时，我会注意自己周围的环境。过去的几年中，这里发生了一系列较为激进的社会变革，而且对我来说很有利。因为在能够将麦克风别在外套或衬衫胸前的手机被发明出来之后，我和佩勒对话的行为就变得不太引人注目了。之前，我会被别人看作是得了"杜尔雷斯综合征"①的患者，而今天，我则只不过是一个普通人，一个走在城市马路上，或者森林小路上的，在和

---

① 杜尔雷斯综合征：Tourette syndrome，一种严重的神经紊乱症；特征为面部和身体其他部位的经常性抽搐；是以进行性发展的多部位运动和发声抽动为特征的抽动障碍，又被称为"抽动秽语综合征"。

张三或李四通话的人。因为人们很难分辨出我到底是在和佩勒说话，还是在和电话另一边的对象说话。在这种无线的形式中，两种情况都是可能的。无线，但却依然联系得很好。

当然，这并不意味着我们不再进行正常的交流了，我指的是有声音的交流。一般来说，每当我们聊天的时候，佩勒都会坐在我的左臂上，但是今天他没有这么做，他不想和我进行一次真实的意见交换。当我们不在同一个房间里，他没有坐在我的左臂上时，我们通常只会进行很简单的交谈，他也可能会呐喊，或者会在爬上我的手臂之后匆忙地说点儿什么。

每当我外出旅行或出差的时候，总会带上佩勒。这不光是为了他的缘故，也是因为我想有一个能够说说话的伴儿。外出时日子总是漫长的，而我又不是一个典型的"电视控"，但是我很喜欢让佩勒坐在我的手臂上，待在饭店的房间里。我们俩之间有聊不完的话题，而且这么多年以来，我还是会对佩勒的所思所想感到好奇不已。我经常会在吃早饭的餐厅里看到一些互不搭理的夫妇，或许是因为他们之间已经无话可说了吧。我为他们感到遗憾和心痛。

另外，当我在西部地区做讲座的时候，也给佩勒安排了一些角色。我不只是为了进行自己的演讲也是为了和佩勒进行对话，例如我们会谈一些关于古代印欧语中的继承词的很细节的话题。我确信这种方式给我这个演讲者的角色带来了一种神秘的色彩。《"完美搭档"雅各布森和斯克林多如暴风一般的演讲……》

我还曾经试着将佩勒带到我上课的教室里去，例如他可以作为我教授的新挪威语语法课上进行重复性联系的助教，但是这一尝试并不成功。因为我发现一些学生在这之后开始把我叫作"佩勒"，不是当着我的面，而是在背后私下这么做。而且这件事也引起了其他教师的讨论。我的一位同事问学生们为什么把我叫作"佩勒"。而这名同事就是和你的姐姐一起研究物理学的那位同事。

    *   *   *

我在信托公司的帮助下，卖掉奥尔的农庄搬到奥斯陆之后，我的父亲住到了另外一个山谷地区，正好在我所在城市的东南方。几年之后，他就去世了。他留下了一个同居的伴侣，或者说是一个和他在同一屋檐下生活了很久的女人，我记得她名叫托尔维格。不过，他们俩并没有孩子。作为唯一的继承人，我从父亲那里得到了一大笔钱。因为这笔钱很多，让我对他到底是如何生活的产生了好奇。

我小时候就没怎么见过他，不过，要是他曾经来看过我的话，他一定不会避免一次亲子鉴定的。就连我看过他的照片后也有这种想法。他曾经给我寄圣诞卡和生日礼物，一直寄到我满八岁为止，他愿意这么做。我将所有的圣诞卡一直保留到了今天。

上大学时，我曾经在科林硕的学生城里住过一段时间。不过我一直都自食其力。在那段求学的岁月里，我其实一直都可以跳出学生的身份，给自己买一间公寓的。

我没有兄弟姐妹，但是在老家奥尔，我有一个表弟和一个表妹。

我可以在这里将他们的名字写出来，不过这没有什么意义。他们的父亲是我母亲唯一的一个兄弟姐妹，但是安布里克舅舅在我母亲离开娘家之后，就在一次拖拉机事故中去世了。

我在奥尔的表弟和表妹并非我与这个我长大的小村庄之间联系的纽带。这种家族之间的从属关系从来都不会引诱我回去拜访，无论是圣诞节还是新年，又或者是关于牧草和养羊这样的事情。我曾经被邀请参加一些大的活动，例如婚礼。但是我从来就没有"方便的"时间。

要是我有自己的孩子的话，他们会在奥尔有四个表兄弟姐妹。我曾经收到过年轻一代的照片，他们中的一两个已经成功地组建了家庭。几个月前，我收到了一张新生儿的照片，看上去是个男孩儿。他看起来很健康。

我很喜欢旅行，而且非常喜欢在自己的国家旅行，到处游历。也曾经出过几次国，去过瑞典和丹麦，还有一次是去冰岛和法罗群岛。不过，我后来再也没有去过奥尔。我不去奥尔只有一个原因，因为那是我长大的地方。我出生的第一年中，要么是和父母同住；要么是单独和母亲住，同时父亲不定期地来看我们。

二十世纪五六十年代，单亲妈妈在社会上处于弱势。我能想象到，在一个人口稀少且很闭塞的山谷地区，这一定是一件比较严重的事情，会有一种不可避免的耻辱同这种身份联系起来。同时，我父亲不定期的回家过夜行为并不会改善这种事情的声誉。或许他从不露面会更好。

他在男孩开始上学之前也进行了一番思考。

当时，全班都知道我和妈妈单独住在一个农场里，而我的爸爸则是个流浪汉……我还听别人议论说，我父亲的鼻子上有一个疣子，我听到了关于这个疣子为什么长在他的鼻子上的极富想象力的"理论"。这不光是因为他是一个卑尔根人。

关于这些事，我有很多可以写出来的内容。但是我不需要把所有的东西都写出来。

不过，我想要澄清一件事：我从来没有说过关于奥尔和那里的居民的坏话。就算我是在奥斯陆或卑尔根长大，例如在奥尔沃勒或是菲林达尔，我或许会考虑搬到奥尔定居。今天，这里有一定的文化生活，河里面还有鱼，在一趟短暂的车程之后，就会来到一个名叫斯噶乌海姆①的地方。

少年时，我经常去爬山，特别是在我得到了一辆摩托自行车之后。这辆摩托自行车是母亲在我十六岁生日时送给我的。不过，如果没有我七岁之后父亲汇给我的钱，可能也买不了这辆车。而这件事是在我继承了父亲的那么一大笔遗产之后才想到的。我会带上自行车，要么是沿着送奶员的路线走，要么就是推车徒步数公里，离开奥尔，去到陡峭的山峰上的白桦林里。作为回报，我在回程的路上可以一路不用

---

① 斯噶乌海姆：Skarvheimen，挪威奥斯陆附近的一个山区地名。

费力地冲下山，经过勒维尔德和沃特达恩。

　　我从没有搭过顺风车，虽然在当时山上已经有一定数量的汽车会往返在路上，特别是在夏季，会有很多人到山上，住在林中小屋里，他们会在山谷里面上上下下。当时的车辆没有今天这么多，但是能够成功搭到顺风车的几率要比现在更高。在一些特定的路段上会有一定数量的拥有"志愿者精神"的司机。而且那时只有极少数的人拥有私家车，所以搭顺风车不会被视为一种掉价的事。对我而言，站在道路两边，竖起大拇指是一件让人紧张的事情。我不确定谁会停下来，让我搭一段车。我也不知道他们愿意这么做的动机是什么。

　　我的旅行包中永远都会准备好盒饭、旅行的必备品，还有佩勒。我总是怕有陌生人来翻动我的包，这会让斯克林多先生感到不适。

　　在我长大的这座小村子里，人们不光知道我父亲的事，还知道佩勒的事。这是因为有一次，有人无意间听到了我和佩勒的对话，当时我们正在尼塞特里亚爬山。同班的两个女同学当时正在白桦林中采蓝莓，而我正站在路边，一只手扶着自行车，左臂上面放着佩勒。佩勒那天的心情不太好，所以他一直说个不停。我说话的声音很大，因此，他的声音也很大。那两个女孩儿几分钟后就发现了我们。她们看着我们咯咯地笑了出来。之后，这件事就像是病毒一样迅速地传遍了整个勒维尔德和奥尔。

　　这导致了我自小就被同龄人欺负和殴打，当然，我父亲的情况也是原因之一。于是，我很早就明白了，我这一生定会受到残酷的对待，而且是有原因的。今天，虽然我已经是一个成年人了，我还是清晰地感觉到，我是一个遁世者，是一个局外人。

在奥尔这样的小地方，那时候还是有集体意识的。但是当电视出现了之后，有一部分人就不再热衷于聚在一起，不过在二十世纪七十年代之前，电视并不普及。松德雷的那座老电影院和小圣堂①贡献了当时的"八卦传播"。搬到奥斯陆之前，我从来没有去过电影院，也从来都没有踏进过小圣堂一步。不过，我确实去过正式的大教堂。我会在那里见到其他人，观察他们，甚至偶尔会和他们说几句话，不过大部分时间都是沉默的。

无论是从字面上，还是从视觉上，大教堂的屋顶都要比小圣堂的高出很多。我感觉自己很适合基督教的氛围，因此几年后，我选修了基督教这门课程，作为我的北欧相关科目中的一门，并且还选修过哲学系的一门基础课程。

我选择的这第三门课程，主要还是从兴趣点出发，不过也正因如此，我才具备了两门高中课程的教学能力：挪威语和宗教。哲学与基督教的结合是这一教学课程的重要保障和基础，除此之外还有世界宗教，其中也包括人生观和伦理学，以及其他的哲学内容。

我曾多次搭乘火车经过哈灵达尔去往卑尔根，当火车停在奥尔车站时，我会双眼泛泪，心脏剧烈跳动。每当这时，就会有一种耻辱的感觉

---

① 小圣堂：基督徒聚集和弥撒的场所，特指没有神职人员常驻的教堂。它一般附属于较大的教堂、大学、医院、宫殿、监狱或墓地等。

涌上我的心头，我会站在或坐在火车的车窗前，往事历历在目。虽然火车会在这个小站停靠几分钟，但是我从没下过车。走上站台，那会让我崩溃的。要是有一个我的老同学在挪威铁路局工作，出现在我的火车旅行中，或者即便他/她只是一个普通的旅客，也会让我受不了。

还有的时候，我会开车去奥尔蓝或耶罗，路上经过奥尔。但那是在高速公路被建成通车以前。在我搭乘火车的时候，甚至会看到我曾经居住过的农庄。如果开车走新修好的高速公路的话，就看不到了。

我搬到首都之后，曾经有一次专门搭乘火车，仅仅是为了再看一眼从小长大的那个农庄。我在芬斯那站下了车，深深地吸了几口山间的新鲜空气，然后重新搭乘反方向的火车回到了奥斯陆。我在路上看到曾经生活过的农庄。那时，已经有别人搬进去住了。我在想，是否会有孩子也住在这个农庄里。

有时，我会漫步在山间古道上，一路走下去不会遇到什么山村。这听上去可能会有些奇怪，但是每到夏天的时候，就有一条从赫姆塞达尔开始的私人收费公路开放，这条路被称为"法尼图尔之路"，它一直通到哈灵达尔的奥尔。夏季，会有很多办法去到雷内斯卡尔威特的山顶，而不必开车经过勒维尔德和瓦茨。

哈灵达尔的群山永远都不会使我厌倦。它们不会让我有任何不适的感觉，只会让我思念。在这样的风景中旅行也不全然都是放松的。我经常会突然遇到一个认识的老乡，但是乡下人不懂得享受一趟真正的山间徒步旅行的意义。不过，在一百五十年后的今天，西部地区没见过世面的农民也开始学会享受徒步旅行了。

不过这样的相遇也没什么大不了，例如我遇到的人如果知道我父亲的鼻子上为什么会有一个疣子的话，我也已经提前想好应对的解释。我会告诉他我是从海姆斯达尔来的，来这个山谷是因为有一个很特别的任务。我甚至编造出了一些详细的故事，并且可以一口气说完。

曾经有一次，我和妻子一块进行了一次山间旅行。当时，挪威汽车协会出版的路程指南放在她腿上，她不明白我们为什么要选一条既陡峭又坎坷的不舒服的路来走，而不走那条距离更短也更加舒服的经过勒维尔德和沃特达尔的7号高速公路。不过，这样的距离和舒适的感觉有时也不一定，而且是相对的。每个人都会有自己的癖好。就我而言，经过海姆斯达尔的那条路就是距离更近一些的。

那之前，我将我在奥尔长大的经历告诉了我的妻子，其中包括我曾经受到的欺凌。当我们认识彼此的时候，我就曾清楚地告诉她，我是在没有父亲的环境下长大的。莱顿并不认为自己嫁给了一个"受害者"，我们的关系中，没有耻辱的部分。

一次山间旅行之后，莱顿在衣柜里发现了佩勒，她是在一个我专用的抽屉里找到的。那天，我参加完一个非常特别的学术会议回到家时，她站在走廊里，手里举着佩勒。我挑了一个比较合适的时间，把他放在我的左臂上，向莱顿介绍了佩勒，并且和他进行了一个愉快的对话。我让斯克林多先生用他自己独特的音色畅所欲言，他的声音并不比我更加低沉，而是更高亢一些，不过这是因为我必须进行语音的变化，其实佩勒的说话方式和以前一样。他直接和莱顿打了个招呼。但是她并不喜欢他。这也并不意外，或许这也是我为什么会把他藏在衣柜里的原因。

我的妻子看起来很美丽，她的眼睛很漂亮，但她不是一个有趣的人。她对角色扮演一点儿兴趣都没有。我曾经试着让她戴上墨镜、白色的太阳帽，穿上花哨的百慕大短裤。但是她拒绝了。在这之后，她好几个星期都让人难以接近。有一天晚上，我穿了她的红色睡衣，躺在她平时睡觉的那一侧。这把她气坏了。

现在回想起来，如果要让我给妻子一个赞美的评价的话，那一定是：她是一个无时无刻都井井有条、一本正经的人。我们可以一起喝喝酒，聊聊天，但是莱顿从来都没有喝醉过。

那次的山间旅行其实是我在努力挽救我们的婚姻，但最终没有成功。我曾经有过一个想法，莱顿也许愿意去到那些田野和山间，亲眼看看我童年生长过的地方，去看看那个山谷。但是她不为所动。我越是想告诉她这里的山林自然是我曾经作为男孩子时的避难所，她越是抵触。我感到用我在山林中的老家的这些"奇怪的行为"来打动她是一件很有压力的事情。通过我的这些表述，可以清楚地知道莱顿从来都没有读过或是看过《培尔·金特》①，她根本就不知道他是谁。但是，她很顽固。她在这些风景中只看到了一个可怜的受害者的影子。

---

① 《培尔·金特》：挪威著名剧作家易卜生的代表作之一。

她不同意格蕾特·西西莉的那种"自然的神秘"的观点。我指着一处名叫劳威达斯布莱亚的地方，告诉她佩勒·斯克林多和我曾经坐在那里畅谈关于宇宙奥秘的话题。但她充耳不闻，就像是一个聋子一样，什么都没有听到。

我的妻子对我回程时反对开车经过勒维尔德和沃特达尔也表示出不理解。我不想改变主意，这是绝对不能讨价还价的。我发誓，对我来说，开车开到哈灵达尔是绝对做不到的。我当时就是这么说的。

当我们开到索克纳的时候，她解开安全带，要去上厕所。我将车停下，让她下车去了一间叫鲁斯达的咖啡厅。这是这趟旅行中她唯一一次开口对我说话。我坐在方向盘后等待着她。我不知道我当时是否关掉了汽车的引擎。

几个小时之后，我们回到了奥斯陆的家中。我知道佩勒在衣柜里，这时莱顿已经进入了卧室，我也在卧室里。我一直醒着，等待着莱顿睡着。因为我害怕她可能会去攻击佩勒。

        *   *   *

初中毕业后，我开始在高尔市上高中。高尔市离奥尔不远，也在哈灵达尔山谷，就在山谷的下方。在那里见到的其他年轻人带给我耳目一新的感觉，但是我深知"好事不出门，坏事传千里"，这个道理已经流传了千百年。很快，高中里所有的同学就都知道了我的事情。

我站在学校的操场上，和一个来自内斯的女孩儿聊天，毫无缘由地，她突然问起关于我父亲鼻子上的疣子的问题。当时，我已经有超过十年没见到父亲了。但是他的这个疣子却还在"跟着我"！还有一次，我在和一个让我觉得非常可爱的女孩儿聊天，我又被问到了"玩娃娃"的问题。数年之后，我们班上的这两个女孩儿去了一趟尼塞特里亚山采蓝莓。

虽然在我开始上高中之前，就已经有了自己的摩托自行车，这件事还曾一度帮助我吸引了一些同龄人的目光，而且能够帮助我减少不必要的骚扰，但我还是会乘坐校车。从奥尔到高尔的路程太远了，骑摩托自行车不合适，而且油费也很贵。满十八岁之后，我每周都能挣到一些钱。另外，夏天的时候，我会在贝尔高市①的杂货店打工，在那里开二手车挣零花钱。高中的最后一年里，我挣出了买一辆车的钱。和其他大多数人不同，我将这辆车当作是学校的车。我把这辆老福登停在教学楼前的教工停车场里，正式将我的车"介绍"给了大家。我不认为我的做法有什么不对。在学校期间，我仍然是一个遁世者，不同的是，我现在有了自己的车。有几次，当有人在周末喝了酒，我会被叫去做司机。这类经历让我有了一种融入集体的感觉。

哈灵达尔的高中期间真正拯救了我的，是一位循循善诱的挪威语老师。他名叫哈拉尔·尹德雷艾德，是松莫勒人。毫不夸张地说，是他让我变成了今天的我。他唤起了我对语言和语言史的兴趣，尤其激发了我

---

① 贝尔高市：Bergo，挪威西部的一座小城。

对如同民族服装上的银饰一般的北欧文化、传奇故事和那些古老的神话传说的好奇心。在谈到这一问题时，我们必须承认，我们对冰岛人确实非常不公正。北欧文学绝对不是"古挪威"文学，而是冰岛文学。

教科书中谈到"印欧语"时，只是草草地总结为一种具有日耳曼语和古北欧语背景的语言。但这引起了我的兴趣。我渴望了解更多的内容。当我发现在印欧语和北欧神话之间存在着的可能联系时，我就走上了如今我所从事研究的这条道路。而且我必须说，巧合的是，尹德雷艾德老师当时给我讲的就是乔治·杜梅泽尔。他明确地说，他为能够有一名我这样的学生而觉得感恩。他借给我很多书。所以说，在我搬去奥斯陆之前，便开始了我的研究之路。我已经成为了一名语言学家。

当然，不能把我的学科研究发展全部都归功于哈灵达尔高中的这位挪威语老师。为了完成我的家庭阅读作业，我可以把它称为我的早期研究，我还从佩勒·斯克林多那里获得了大量帮助。每天，他会帮助我背诵我之前学习的内容，其中包括我的挪威语老师课上讲的内容，因为他的记忆力明显要比我好得多，头脑比我聪明得多。与他相比，我对自己的记忆力可是从来都一点儿信心都没有。哈拉尔·尹德雷艾德从来都没有发现，我其实在学习的时候"作弊"了，因为我是在佩勒的帮助下完成的。我在挪威语平时水平测试和最后的公共考试中先后获得了满分6分[①]，其中我的新挪威语[②]、第二外语和挪威语口语也都是

[①] 挪威高中打分制为6分制，6分为满分。
[②] 新挪威语：挪威语官方书面语的一种，在方言中使用。

满分6分。这里其实应该说是"我们"得到的分数。

几年后，斯克林多先生有一次曾经说他是个"欧洲的斯克林多"。每当他说这样的俏皮话时，都会在我面前探出半个脑袋。

通过入学测试之后，我开始学习挪威语，更准确地说是"北欧语"——这是我所学的专业的正式名称。我本人当然会挪威语，但是当时我一点儿都不想学其他的，例如法语或是意大利语。北欧语还包括瑞典语和丹麦语，在那时也具有足够的异域风情。不要忘记，还有古北欧语，它和瑞典语及丹麦语有些不同，但也非常具有吸引力。我们现在谈论的自然是我自己的母语的来源，它是北欧语和北日耳曼语的一个分支。但是在印欧语的这棵大树中，日耳曼语下面有很多的分支，另外的分支还有印度-伊朗语族下的一些语言，以及意大利语、凯尔特语、波罗的-斯拉夫语、希腊语、亚美尼亚语和阿尔巴尼亚语，它们旁边是已经灭绝了的一些语言，如安纳托利亚语和吐火罗语。

在挪威语专业中唯一的特色，就是今天被我们称为"方言"的这种语言规则。这一内容与我本人也有关，我自己就是一个说方言的例子。我的语言属于"山谷方言"。在挪威的山谷、峡湾和山野地区，存在并保持着一些与众不同的挪威方言。今天，虽然为了发展水电，会架设新的电网，将奥斯陆的电网通到一座山或一个山谷里。但是，仍然不会有更多的人开车来到这些地方生活。因此，当地的文明程度和生活标准完全依赖于挪威在北海发现石油之前的水平。二十世纪七十年代初，在某些场合说山区的方言可能会引起一些尴尬。但北欧系或者是民俗科学系的学生不会遇到这样的问题，因为这是当时最有价值的研究课题之一。在一些特定的环境中，能够说一口地道的方言是一件值得骄傲的事情。特别是当一个人可以使用古代的词语和表达方式，例如有趣的格和复数形式，发生在过去的变格或动词变化中。我自己说的方言是一种对过去的印欧时代的活生生的史前记录。在哈灵达尔，我们依然会在现在进行时中区分"我走"和"他们走"、"我看"和"他们看"、"我是"和"他们是"。我们也会在过去式中区分"我走了"和"他们走了"、"我看了"和"他们看了"、"我曾是"和"他们曾是"。

现在，我不会在语文学中迷失方向了。我只想补充一点，即我一直是说双语的人。哈灵达尔地区的方言一直被我使用至今，保存得很好。同时，我在来到奥斯陆的第一时间就掌握了巴克摩挪威语[1]。我还有一个说保守的"国语"[2]的父亲。更重要的是，我所读过的大部分文学作品都是用巴克摩挪威语书写的，这让我有了很好的语言基础。

能够在两种语言中进行选择使用有一个好处，那就是它不会透露出我是什么地方的人。在一些情况下，说哈灵达尔地区的方言会有好处。在之后的几年里，我和佩勒的对话都是使用巴克摩挪威语进行的，而且它似乎成为一种规则，但是他在回答我的时候，会使用哈灵达尔

---

① 巴克摩挪威语：官方标准挪威书面语的一种，另一种是上文中提到的新挪威语。
② 国语：标准挪威语的非官方称谓。

地区的方言。或者是反过来！我俩在角色转换上面都没有什么问题。我们俩都是双语者。

阿格尼丝，我不知道你对我的语言是否有所反应。我假设你没有在这一点上多想，不过如果需要提示的话，因为我说话的口音不是典型的东部地区方言，所以我使用的都是无可挑剔的巴克摩挪威语的词汇。下一次我们再见面时，我会把口音变成二十世纪六十年代的哈灵达尔地区的口音。看看你到时候会有什么样的反应应该会很有趣。

现在，我不会表现得太自大。我其实并不知道我们是否会再见面。

      *   *   *

我住在奥斯陆的头几个月里，过得就像个嬉皮士。之前我也提到过。我就是在这样的环境下遇到玛丽安娜和斯维勒的，还有乔恩，他们可能是除了佩勒之外的我在真实人生中的唯一的朋友，虽然他们出现的时间有限，只有几周，或者是一个月的时间。

但这已足矣！这是另外的时间段中另外的故事。皇宫花园的那段隔离期，我在寻求一种集体的形式。我并不是唯一一个独自来首都闯荡的人。我们中的一些人也在寻找群体，以求隐身其中。我相信，我们中的很多人都是饱读诗书，高于一般人的水平，但是我也可能想错了。

你应该去尼森伯格那里看看我们典型的嬉皮士装扮！绝对不会有人怀疑我是来自奥尔的农村大学生。我可以提一件我在这样一种亚文化环境中的小事，那就是我将自己称为佩勒，并且将斯克林多先生，也就是佩勒介绍给了乔恩，但是其实他本来应该叫雅各布。事情就是这样，我也不记得原因了，不过我记得当时嬉皮士的剧院可能发挥了一定的作用，因为我觉得雅各布不是一个非常适合"花童"①的名字。不过，我的大学注册表上还是写着雅各布·雅各布森。从这一点上来看，我有着双重的身份。当我在图书馆或在索普胡思·布格斯大楼中听讲座的时候，佩勒会坐在科林硕的学生宿舍的窗台上等待我。

这种在公园中进行的"花童"风气并不是一种随机的活动。嬉皮士运动在很多层面上来看，是一种哲学性的运动，一部分源自印度。在我来到奥斯陆之前，我已经受到过印度哲学的启发，特别是其中的"不二论"②。在梵语中，Advaita的意思是"不二"，或者是"不是双重的"。我们也会说一元论或非二元论的哲学。在Advaita中的A是一个古老的否定前缀，就像是希腊语中的A（在agnostiker"不可知论者"），或是挪威语中的U（在umulig"不可能的"），而dvaita在印度是二元哲学的名字，它与挪威数词中的"二"有词源关系，来自原始印欧语中的*dwo-，在哥特语中是twai，在德语中是zwei，在英语中是two，在拉丁语中是duo；这种印欧语间的亲缘关系还明显地出现在瑞典语的två和挪威语的单词短语中，例如tvetydig（模棱两可的）、tvekamp（决斗）、tveegget（双刃）、tvekjønnet（双性）、tvisyn（矛盾）、tvinne（麻线）和tviholde（紧握）中。几乎所有的印欧语中都保留着这种原始印欧语中的数词，

① 花童：许多嬉皮士在他们的头发里带花或向行人分花，故也被人称作"花童"或"花儿"。

② 不二论：Advaita Vedānta，即"不二论吠檀多"，印度最古老、最主要的哲学流派吠檀多哲学中最为重要的思想之一。

dvaita自然是来自拉丁语汇总的外来词汇dualisme（二元论），并且其词源和哲学含义都是外来的。

因此，这也让我有些郁闷，因为我在伊娃姑姑的葬礼之后与她在林间道上相遇时未能讲清楚这件事：这里面不光有印欧语的词汇。有很多印欧地区的思维模式都有类似的亲缘关系，因为思想是跟随着语言的，反之亦然。当然，印度和地中海的国家间确实有明显的文化交流。伊娃会指出这一点。我还想说，印度的哲学中有其自身的"二元论"，我们在柏拉图和笛卡尔这些西方思想家的哲学中都可以找到。苏格拉底之前的赫拉克利特的思想会让人想到佛教的哲学思想，这两种思想出现在大致相同的时期，并且都在佛教传到地中海国家很久之前。印度的哲学中也有他们自己的"斯宾诺莎"。他名叫商羯罗[1]，其思想在公元800年之初大放异彩。他建立了二元论的哲学体系—— 一种非二元论或泛神论的哲学：在神和世界之间没有区别。一切体验都是假象、幻觉，或是一种错觉。所有存在的一切是一个不可分割的整体。一切都是神。

在我进入皇宫花园之前，我已经读过了《奥义书》[2]和《薄伽梵歌》——它其实在《摩诃婆罗多》中只占一小部分，而《摩诃婆罗多》则有10万"颂"（诗节），是世界上最大的一部史诗。这让我在这一环境中有了能够独立思考的能力。

---

[1] 商羯罗：Sankara，生卒年代约为788—820年，印度中世纪最大的经院哲学家，吠檀多不二论的著名理论家。

[2] 《奥义书》：Upanishadene，印度最经典的古老著作，用散文或韵文阐发印度最古老的吠陀文献的著作，是印度哲学的源泉。

不过，我得注意不能在学术方面谈论此事。我只提了一些简单、不相关，且在嬉皮士的传统中相对核心且重要的东西。它们都会给人留下印象。我不会去背诵梵文中的一些单词。Aham brahmāsmi 的意思是"我是婆罗门"，或者是"我是宇宙""我就是我"。我也可以指着尼森贝尔格那里的一个玫瑰丛，说它是在表达一种对生活的冷静态度，具有几乎深不可测的认识内涵：tat tvam asi ——那就是你！

这丛玫瑰花，它就是你！当时我所说的并不是它的词源，tvam 就是"你"，asi 就是"是"。这就像是在踢肥皂泡。我的信誉或许已经被踢开，破碎了。我在尼森贝尔格的事业会在一切开始之前就结束。

*   *   *

在首都生活了几个月之后，我开始参加葬礼。不过我这里的措辞不是非常准确。我从未"开始"过这类的活动。我只记得我和佩勒坐在一起，翻看着《晚邮报》，我的目光扫在了一则讣告上，它立刻引起了我的兴趣，这并非是一种渴望，而是对思念的一种好奇心。

在所有闪闪发光的人名之后，我感到了一个大家庭的存在，他们会在父系这一边的人离世之后聚在一起见面。讣告是一种激发家庭凝聚力的存在，它是一种最后的邀请函，告诉大家，所有人都被欢迎参加葬礼之后的追悼会。

我找出我从奥尔带来的一套深色西服，这是一套我参加礼拜时穿着的西服，因为我当时没有别的衣服。我参加了第一个葬礼。你可以将它称为我的"处女秀"。现在回想起来，这一表达方式是充分的。这是我第一次参加葬礼，但是我没有想到我是在参加一个一次性的活动，我将它视为一次社会实验。

我感觉自己并没有比其他人的情绪低多少，或许我在某些情况下比大多数的人都更加感性一些，我很容易哭，但是我从来都没有害羞过。我已经有了作为嬉皮士的经验。这种经验并不比出现在一个拥挤的葬礼上更加轻松，它也是一种戏剧化的体验，尽管比孩子们丰富多彩的游戏要暗淡一些。

当我走进北岸的教堂里时，既没有出汗，也没有呼吸急促。那里面人头攒动，联想到在讣告中出现的人名，这并不意外。我可是经历过在哈灵达尔的那些大型葬礼的人。

我不紧张的原因有很多。我在这座城市中，除了奥斯陆大学的几个学生，还有一些嬉皮士之外，不认识别的人，这里没有供我感到羞耻的地方。一个人会感到羞耻的前提是要有供他感到羞耻的环境，这样羞耻感才有存在的意义。只有那些长时间拥有最少的社交网络的人，才能够"忍辱偷生"。耻辱和耻辱感的存在都要依赖于"他人"，或者是至少要有一个"你"。阿格尼丝，当我提到你的时候，我不觉得我有任何的夸张，而你是让我最有耻辱感的人。

通过一份完整的讣告，能够让我研究出我在参加葬礼时如何谈论关于我与死者结识的内容，如果有必要的话。在哈灵达尔，这样的准备是完全不必要的。我只不过说说而已。因为在那里，全山谷地区的人或者是半个山谷地区的人都会来参加任何一个葬礼。你与死者之间的联系越紧密，你在葬礼上面受到的尊重也会更多。城市中的葬礼在这一点上也是绝对相似。

像我这样一个未经训练的人，总是尽量让自己成为一个背景。我已经编好了一个我是如何与死者认识的故事，但是它还不够完整，或者说具有创造性。如我所料，我后来也不太需要它。在喝一杯咖啡的过程中，我只被提问过一次，问我是哪一边的家人，我当时还是一个青年，比死者要小六十多岁，我只是摇了摇头，这让我避免被问到更多的问题。

一个星期之后，我又参加了一个葬礼。一周后，我必须说，这种行为已经变成了一个习惯，或者是一种生活方式。很多人都会说它是一种负担，但是我没有其他的家庭生活。

记得有一次，我看到佩勒坐在科林硕学生宿舍的书桌前。我们列了一个长长的名单，上面有父亲、母亲、兄弟、姐妹、儿子、女儿，这些词都有不同的印欧语来源，既有现存的，也有已经消亡的。实际上，这六个词语都可以追溯至原始的印欧语形式，分别是：ph2tēr、*me2htēr、*swesōr、*bʰreh2tēr、*suHnus 和 *dʰugh2tēr。上述的家庭关系对大部分人来说是生活的基础和支柱。但是我并不拥有他们中的任何一部分。我从未正式拥有过父亲，也不再拥有母亲。我未曾拥有过兄弟姐妹，也不想要一个儿子或女儿。

阿格尼丝！是你请求我解释参加格蕾特·西西莉葬礼的原因的，我希望你能够理解，或者至少试着了解它的原因：我来自一个关系稀疏的家庭。当我还是一个孩子的时候，我就养成了做一个遁世者和局外人的习惯，不是我想要远离"大而亲密的关系"，在二战之后的头十年里，这是一个让我感到模糊不清的表述。

　　我和我父亲的照片被我母亲挂满了房间，但是这无法弥补他只偶尔来到这座山谷中看望他自己的孩子和孩子母亲这件事。这座山谷中的很多儿子和女儿都不曾拥有一张自己的照片，或者是理解这件事的背景，但是这种空虚会一瞬间被他们的父母的存在所填满。在挪威的山谷地区，有长达数千年的口口相传历史的传统。当冬天到来时，在漫长的冬夜里，人们会讲述太阳升起落下的故事。这是每家每户一日三餐时的一项重要的活动。我和我的母亲也被卷入了这一漩涡中。

　　还有另外一项更加严重的农民的"原罪"：虽然我们住在这座老农庄里，但是我们并不种地。我们在山上有羊，在农舍里有牛和鸡，还有白桦林，可以砍伐我们需要的木材。有一次，我了解到我们的居住情况是一种市政治理的结果，是奥尔市银行确保了我和母亲的生活。因为有银行贷款债务，也要感谢这笔债务，让我在卖掉农庄之前不能得到摆脱。我不想在奥尔这里有任何的羁绊，所以我就把农庄卖了。因为卖掉农庄的钱能够帮助我还清所有的债务。此外，我还卖掉了一些家具。

　　我们和其他人不同。我们不属于任何"集体关系"。我们被很多人视为"寄生虫"和"社会渣滓"。

　　来到奥斯陆之后，我可以一切从头开始，而完整的大家族则对我产生了一种不可抗拒的魅力。我对从属于这样的大的集体关系有一种渴望。我并没有比大多数人更加友善。但是生活让我变成了一个独特的渴望家庭的人。

　　我喜欢父母、兄弟姐妹、表兄弟姐妹、侄子侄女、叔叔阿姨。我也喜欢在这样紧密的家庭关系网中的温暖和归属感。我享受这其中的所有角色，我也非常羡慕，可能是由于任性冲动而走进这些关系的人，他们通过婚姻这种方式进入了这样坚不可摧的亲属关系。

　　我结过婚，至少经历了数年的二人生活。因此，伤痛带来的智慧使我不会歌颂婚姻或家庭生活。这是一种名为"婚姻问题"和"同胞嫉妒"的东西。还有一种名为"精神虐待"的东西。我很了解这些。但是，和我成婚将近三年的女人来自一个贫穷的家庭，她既没有阿姨也没有叔叔，她和我一样，是独生子女。我们的婚姻也没有任何"家庭"可言。我们的同居生活中没有孩子，甚至也没有佩勒的存在。莱顿和我生活在"两个人的寂寞"中，它只不过是孤独的另外一种形式罢了。

　　容易感受到孤独的人也容易感到空虚。不过我更愿意生活在"两个人的寂寞"中。如果一个人独居的话，他可以为所欲为。但是我觉得自己在大家族中会比在封闭的关系中要活得更加自由和快乐。

说到这里，够了！参加葬礼成了我的一种习惯。我变成了一个追踪家庭生活的"猎犬"。我通过这种方式，"偷取"到家庭生活，因为我需要这么做，因为我没有家庭。

　　我从来不会作为一个"偷窥者"出现在这些场合里，我不喜欢外人的角色。正好相反，我希望能够尽可能地，到目前为止，成为集体关系中的一部分。

　　教堂的钟声在每一个葬礼前敲响的时候，它们是在为我而鸣。

　　我每次都会为那些逝者进行一番真诚的思考，将其视为一个刚刚离开人世的活生生的人，并且为他们的亲属真切地担心，而我只是从讣告上面知道了他们的名字。

　　对于那些按照规矩在葬礼上和他们打招呼的逝者家属，我从来都不会在哀悼仪式结束后将他们忘记。我会小心地保存那些讣告和任何我参加过的葬礼的文书或日程，可以表达出我的精神支持和哀悼。这些特别的文件，大部分都是报纸，被我按照时间顺序叠放在雪茄盒中。你可以说，它们构成了我曾经在生活和死亡的道路上遇见过的家庭或单独的个人，或者说是构成了我的剧目。这样说可能听上去挺令人反感的，或许其他人会在脸书上这么做，但是我没有。而且，他们有能够去参加他们葬礼的家庭成员，而我没有。

　　我喜欢将我放在雪茄盒中的这些名字作为一种生活中的同伴的名单。或者如佩勒所说：这是一项你自己的人口普查。除了你之外，没有人会在抽屉里面放这样的东西。

佩勒·斯克林多先生知道他在说什么。他自己也在抽屉里面待过，而且就是和这些雪茄盒一起。

当我的妻子发现佩勒的存在时，她已经看到了那些盒子，或许已经看过了十多个。一开始，她对佩勒最为不满，特别是在我将他放到胳膊上，比我自己更加敢于对她直言不讳之后。后来那些雪茄盒也让她抓狂……

当我和我的妻子还在一起时，我并未频繁地参加葬礼。我努力地克制自己，因为现在我有了自己的生活，我有了莱顿。在此期间，我只参加了几次葬礼，我的妻子曾怀疑我参加的那些葬礼的对象，可能与我只有很浅的交集。因此，在参加过这些葬礼回到家里后，我必须向她重复我在追悼会上说的关于我和逝者之间关系的话。这些故事当然已经经受住了时间的考验。它们如黄金一般经得起检验。

但是我不知道她是否相信我。有一次，她问我，为什么我以前有那么多的朋友，但是现在的生活中只有她一个人。在之后的日子里，当我们谈论这一话题时，她变得越来越不满。为什么从来都没有访客来我们家？为什么我们从来都不邀请什么人来家里吃饭？为什么我们总是在家里待着，就在这间公寓里面两个人面对面？

我从来都没有故意地去参加一个明显地表示为了将家庭成员的悲

伤降到最小，不愿引人注目只在小范围内进行的追悼会。当讣告中写明了追悼会只在"墓地""小教堂"或"教堂"进行的时候，我就不会去参加了。我从未参加过在讣告上提前写明了之后不会有追悼会的葬礼。

我会受到那些开放的内容的吸引，比如"欢迎大家在葬礼后参加追悼会"这样的说辞——因为追悼会要么会在教区的房子中举办，要么会在品味不错的餐厅中进行。

葬礼的最后，牧师会代表逝者全家欢迎所有的出席人员参加之后的追悼会。我也就自然而然地被包括进了这一开放式的邀请中。不然的话，我会认为牧师是在说谎，或者是在说客套话？

一般来说，会有一位家庭成员作为代表，在葬礼上进行"筛选"工作，他会小声地在出席的人们中进行耳语，欢迎其参加之后的追悼会。我曾经经历过这样的失败，没有被邀请参加之后的追悼会。我只对我周围的人点了点头，然后就离开了。当我还是个孩子的时候就已经体验过这种失败的角色了。但是，既然我已经精心打扮了一番，我还是会到附近的餐厅或是饭店的酒吧里，点上一杯酒，为自己纪念一会儿。在教堂或小教堂里的活动已经足够发人深省了。这种哀悼仪式中往往会充满了各种叙事元素，我一直十分欣赏优美的歌曲和音乐。

有一次，我不知怎么地来到了一间小饭店里，那里正在举办一个封闭式的追悼会。追悼会在餐厅中进行，那里有酒吧，还有高脚凳。当我无声地坐在吧台旁，独自点了一杯白葡萄酒，或是一杯威士忌之后，很多人都在偷瞄我。但是我没有起身离去。举办追悼会的这家人并没有包下整个饭店。或许他们中的一些人在嫉妒我的葡萄酒或是威士忌，因为在隔壁铺着白色锦缎桌布的桌子上只有饮料和不含酒精的啤酒。我又点了一杯，没有离去。

我只是想补充一点，我充分理解有的家庭希望追悼会能够屏蔽掉除了最内部的家庭成员之外的人的想法。我只不过是想要成为被他们选中的人而已。

如前所述，我并非唯一的外人。我看到还有一个人也在葬礼上溜达。那是一个身材高大、皮肤黝黑的男人，他经常和我出现在同一个葬礼上。我不是这艘"教堂之舟"上唯一的"偷渡者"。

我不知道他是怎么想的，因为我们从未交谈过。但是我们都知道彼此。很多年前的一次，我们开始在无可避免的情况下相互点头致意。但是有理由相信，我们都在试图避开对方，至少是亲密的眼神接触。

关于这个身材高大、皮肤黝黑的男人，我没有什么可说的。从某种意义上来说，他是我的同事，或是竞争对手，而且我深深地鄙视他。或许，我必须承认，这也是我的一种自我厌恶的表现形式。

当然，除了这个身材高大、皮肤黝黑的男人之外，我还不止一次地见过很多其他的人。在我参加了数百个葬礼的这些年里，我和数千人见过面，加起来或许能达到两三万人。他们构成了我"人丁兴旺"的"家庭"，或者是我的"族群"。因此，有些人，我曾经见过多次。不过，当我们见面时，一句"你也在这里?"的寒暄似乎不太合适；同理，这对另一方也不合适。就我个人而言，他们成了我见过四五次的"熟人"。我还从来没有体验过作为儿子、兄弟、侄子或是密友的亲缘角色。

漫长的时间里，我一直在葬礼上不断地见到埃里克·伦丁的子孙。但是，这只不过是因为他们的家族很大。彩票的总量越大，一等奖的开出才越引人注目。因为人们已经在其中投入了大量的财产。

说到财产这件事，我可以多说一句：我从父亲那里继承了一笔可观的财产。这笔钱使我多年来能够生活无忧，特别是在我还没有开始讲座的时候，能够照顾我贫穷的家庭生活。我看到了这里的一个悖论：如果我能够有一个真正的父亲，就不会想去参加这些葬礼。但继承了父亲的遗产的同时也弥补了一些我个人家庭生活的缺失。

每次在参加一个葬礼之前，我都会尽可能深入地研究他或她的家庭。在几十年前，这或许是一件耗时的工作。但是今天，它已经得到了极大的改善，在去往教堂或小教堂的路上就可以解决。随着互联网和社交媒体的发展，我这样的人的生活变得更加容易了。由于公共空间的膨胀，使得私密空间受到挤压，不断变小。孟德斯鸠的格言"生活在秘密中"已经成为了一门存在于远古时代的艺术。

有时，我也会即兴冒险，或者我将之称为"盲目的会面"，即我在没有阅读讣告，事先并不知晓对象的情况下，去参加他或她的葬礼，致以最后的道别。这就需要另一种形式的注意力，或者是几乎如同变色龙一般的适应性。这种做法自然是非常大胆的，或许还有些冒险，例如参加一个多少有些公众影响力的人的葬礼。不过，参加一个受欢迎的艺术家或政治人物的葬礼不需要太多的合理性。因为这样的葬礼都是公开的，就像是那些大型的农村葬礼一般。

*   *   *

埃里克·伦丁是一位我非常熟悉的教授和老师，我与他结识于二十世纪七十年代的奥斯陆。但是我们之间没有任何私人的关系。也就是说，在我三十年后参加他的葬礼时，我的身份只是"他的一个学生"。

当伦丁在每周二的 11 点 15 分到 13 点之间研究《瓦洛斯帕》的时候，我抓住了那个时间，并带给了我灵感和决心。在这一伟大仙境世界中，我获得了一次新的机会，我坐在教室里，思考着一个与这首不朽神诗的最后一章内容相关的问题。

在伦丁离开讲堂之前，我坐在教室的最后一排，向这位博学的教授提出了一个问题。他下周二会讲关于格里姆内斯莫①的内容。而我当时已经读过了《新约抄本》②和《豪客之书》③，还有一些现代翻译诗歌。

《新约抄本》的最后一节写道：

---

① 格里姆内斯莫：Grimnesmål，是《埃达》中的一首神话诗，它保存于《王者之书（Codex Regius）》的手稿中，是关于奥丁讲述的自己遭受苦难的故事。
② 《新约抄本》：Codex Regius，是拉丁语的"国王的书"的意思，即《王者之书》。它是一本保存了大量古挪威诗歌的牛皮手稿，被认为创作于1270年左右。该手稿中的大部分诗歌被学者称为"诗体埃达"，即《老埃达》。
③ 《豪客之书》：Hauksbók，公元十四世纪冰岛人豪客·爱伦森所著的一本书，内容包括冰岛文学，有萨迦等传奇故事和史诗。

黑龙飞来，下方是蛇，来自尼达山；

承载着它的翅膀，飞跃平原，尼德霍格，一具尸体。

现在，她将下落。

我记得当我用我自认为粗鄙的哈灵达尔方言向教授提问时，我的双腿在颤抖，心脏怦怦直跳，全身是汗，而且很僵硬。因为这是我向他表示尊敬的方式，之前我从未与他交谈过。

我装作自然的样子向他提问，关于这个中世纪著作的最后一节中，应该是女巫"søkke（下落）"或"synke（下沉）"，而不是那个名为尼德霍格的怪物。在我的研究中，实际上已经发现了一些能够说明这一相反结果的推论。

伦丁教授睁大双眼说这是一个相关的问题。然后发生了一件从未有过的事情，他邀请我去他威格朗的家中喝咖啡，那里也是他的办公室。在二十世纪七十年代，这样一个非正式会谈的自发式的邀请是很罕见的，因为我们当时都知道，在学生和教师之间有一条明确的政治分裂的鸿沟。因此，埃里克·伦丁教授的邀请可能会造成一个不小的轰动。而我，这个来自偏远的哈灵达尔农场的"弃儿"，则对我该如何将脚步迈入教授的办公室而感到无法控制的紧张。

之后发生了更多的意外。我们俩意见不一致，但却把我们逗乐了。伦丁教授和我——当时微不足道的平庸学生——我们对关于世界末日的神诗的注解意见相左。

伦丁教授首先辩论道，他认为很有可能是女巫或占卜者，因为一切都在往回和"下沉"。但是，他同时指出：也可以说是尼德霍格，因为最后一个场景或激烈的斗争，也可以说是战争的终结，所有好的神最终获得了战争的胜利。失败者只有眼睁睁地看着那些胜利的力量，然后"下沉"或后退。

关于最后一行内容的解读，我与教授的观点不同。代词hón指代的一定是"女巫"，因为drake（龙）和Nidhogg（尼德霍格）这两个词都是阳性的。

如我所预想的那样，伦丁说《新约抄本》中最初的文本中代词hón没有写全。在那份古老的牛皮的文书上面只写了h，而在索普胡思·布格斯的版本中将它补充为hon——很明显后面的那两个字母是不同的书写斜体。此外，也没有正式的参考可以说明它与Nidhogg（尼德霍格）有关。

我觉得这件事很有意思。我向他借了一支铅笔和几张纸。在他那个学术版本的《埃达》诗歌中，我发现索普胡思·布格斯做了一个标记。伦丁教授看出了我询问的眼神，于是我说："他在这里做了一个缩写符号，就在h的后面，并在旁边写道：hon就是ho，而不是hann。"

我将这一标记写在了纸上，然后递给伦丁教授。他坐在椅子上盯着这张纸看了几秒钟。我补充说："当然，索普胡思·布格斯也是有可能出错的。"不过我说这话只不过是为了表示客气。伦丁教授认真地点了点头。他好像说了什么，但是我忘记了。我接着说："《豪客之书》最新的一个版本中写的是hon。但是索普胡思·布格斯也写了一个标注，虽然并不是必要的。他在标注中写着：'花园一词的代词h'on应该是h'en，而不是han。'"

伦丁教授点点头，他说："是的，在《豪客之书》中，关于女巫的代词并没有什么疑问。"

我得出的结论是，这两个版本的来源都强调了，应该是女巫下沉，而不是尼德霍格怪物。当然，在索普胡思·布格斯1867年那一版的《埃达》中就对这一问题表示了疑问。

伦丁教授优雅地点了点头，我们两人无言地看了看对方，然后他开始收拾书桌，标志了这一场讨论的结束。

我们俩人以前从来都没有交谈过，而且在这之后我们再也没有交流过。不过几十年后，我们曾在索菲斯·布格之屋和弗莱德里克服务中心之间的几条小路上碰到过。我们只互相点头致意，并没有寒暄。我在几十年后参观埃里克·伦丁教授的纪念馆时，依旧怀着崇敬的目光向他致意。

关于我那段短暂的婚姻，我已经在这个故事中进行了足够的描述，我尽量将它按照记忆中的样子准确地表述了出来。在我搬走之后，我们之间仍有一些联系，比如我们之间依然共有的那辆丰田卡罗拉轿车。另外，我在那段时间中会时不时地去看住在奥斯高德的养老院的阿姨。我会帮助她报税。但是我从来都没有从奥斯陆打车到奥斯高德的沙滩去。

在我最后一次见到安德丽娜·锡格德后，就再也没有见过她。最后一次见到她的名字，是在《晚邮报》上看到了她的讣告。她是我离婚后第一次约会的人。当我听到牧师的悼词，看着葬礼一旁的红色奔驰车，前面放着安德丽娜美丽的照片时，我在厄斯特海姆参加的那场追悼会的故事才变得完整。我将我所讲述的内容的顺序进行了调整：我在提到牧师的讲话之前，就已经说明了我和安德丽娜之间的关系。

我觉得，接下来我会遇到玛丽安娜、斯维勒和伊娃，而这并不是什么奇怪或令人惊讶的巧合。我已经参加了这么多的葬礼，因此，我一直对这种重逢做好了充足的准备。如果没能更加频繁地和他们相遇，才会使我感到意外。不过，这确实是我在皇宫花园之后头一次和一些嬉皮士见面。我不明白玛丽安娜和斯维勒为什么不想让他们的这段经历被记住或提及。难道曾经参加过嬉皮士运动真是一个难以启齿的家族秘密吗？

关于鲁纳尔·弗里莱的葬礼，葬礼上牧师的讲话，还有之后在特米努斯饭店的追悼会，我都尽量按照我所经历的内容准确地进行描写。其中包括西格丽德邀请我去参观他们家的那幢旧别墅和那里的一切。但其实我后来也再没独自见过这位不幸的人，无论是在挪威饭店还是其他的什么地方。关于鲁纳尔的一切内容都来源于我在莫勒达尔听到的那位优秀的牧师所说的悼词和我在追悼会餐桌上的交谈。

当我看到《卑尔根时报》上那则奇怪的讣告时，按照每年8月份的惯例我正在去往卑尔根的路上。我在卑尔根多待了一晚，去西服店买了一套黑色的西服——黑色的衣服总会有场合能派上用处。然后我就打车去了莫勒达尔。

这也是一次未知的葬礼。之前，我在斯克林多先生的帮助下，在乌尔和缇衣市进行了演讲。但是，这并不意味着我对这次的葬礼减少了情感投入。我在读过那篇讣告后感到非常不安。

我又一次地见到了伦丁家的人。当然，我写的就是这些见面的故事。我其实可以不写它们，而写我这些年所见到的另外一个更大的家族的故事。但是这一次，伦丁家是故事的主线。

为什么我要写这个家族，而不是其他家族的故事呢？因为这是我们俩人见面的背景。我们就是在你姐姐的葬礼上遇见的，此外还见到了你的表兄特鲁尔斯和他的妻子丽芙-贝莉特·伦丁，他们的两个女儿，图娃和米娅。阿格尼丝，正如你所说：他们是你在这个大家庭里最亲近的一群人。特鲁尔斯一直是你最亲的哥哥，而丽芙-贝莉特则是你最好的朋友。当你在瓦勒尔，就是从阿伦达尔出发的车上告诉我这些的时候，我就被你家的故事迷住了。

你当时让我留下，请求我不要离开那场追悼会，虽然我很明显地说了谎，我撒谎说我和格蕾特·西西莉之间有很近的关系，但其实我和她并没有那么熟悉。于是，我问你：你为什么要我留下？

从那一刻开始，你的家庭就成为了这个故事线中的一部分。

在格蕾特·西西莉的葬礼上，如你所知的那样，并非什么毫无准备的会面。我当时做了很充分的准备。我提前在大学的图书馆里坐了整整一天，认真地读了你姐姐的博士论文，那是一篇关于宇宙生命的天体物理学的研究论文。

我的初衷是了解更多的关于那场发生在伯格斯塔公路的可怕的交通事故。在我提到过的那个教工之家里，还有一位同事曾经和格蕾特·西西莉一块学习过，和她很熟。我还抱着极大的兴趣阅读了她的个人主页。我在上面看到了许多她的照片，这些照片让我在几天后见到你时意识到你和她的相似程度。

但是没有一个人，包括格蕾特·西西莉自己在内，我指的是她的个人主页里的内容，让我能够了解到她是一个瘫痪在床，需要坐在轮椅上的人。就连牧师的悼词中也没有提到这一点。我们最后一次见面时谈到了这件事。我的同事也说过，格蕾特·西西莉不希望突出残疾这件事，并将之变为她自己的个人特点。残疾不是一件重要的事情，肯定不如她投身宇宙研究那么重要。

我的同事仿佛还提醒过我。

但是他又怎么会知道我之后的事呢？他怎能预知我会出现在格蕾特·西西莉的葬礼上，还会参加之后的追悼会呢？又如何预知我们在聚会中和在那座陡峭崎岖的奥朗斯达伦山上的不期而遇呢？我相信如果他能够预见到这些事的话，肯定会在事前警告我的。

不过，说实话，他没有参加那场葬礼让我有些惊讶。我在现场寻找过他，如果我见到他的话，我一定会和他聊几句我对这位死者的所知所想，告诉他我需要参加之后的追悼会。最坏的情况就是他会认为我很奇怪。但是，我当时并没有被认为是一个奇怪的人。

如果我的同事那天出现在了教堂里，我当然不会再参加之后的追悼会。我不打算向任何人介绍我自己，因为我不想暴露自己的身份。但是，那样的话，我就不会遇见你了，我也就不会写下现在的这个故事了。

没有任何伟大的艺术会创造出如此矛盾的关系。

安德雷亚斯

大约一年半之后，我们又见面了，大约是2013年的4月15日。那是一次有趣的见面，在一场葬礼上，所以我们的见面并不意外。你有非常令人信服的理由出现在那里，而我也有，虽然我的理由与你的完全不同。

在参加过你姐姐的葬礼之后，我曾下决心再也不参加任何陌生人的葬礼，至少不在奥斯陆这里，因为我在奥斯陆已经能够独自生活了。那时，当我走在城市里的时候，逐渐开始感觉到有人在看我。这可能是我的一种想象。但是有几次，在教室里讲课时，我感觉一些学生好像听说了我的故事。我当然在葬礼上见到过我的一些学生，或者是我教过的学生。因此，感觉自己看到了一些具有警示性的目光并非我的偏执或臆想。我正处于人生的一个转折点。如果我想要参加更多的葬礼，我就必须离开奥斯陆。我继续阅读着报纸上的讣告，我永远不会停止做这件事，虽然我不会再为此采取任何行动。我看到了安德雷亚斯·丹尼维格斯突然离世的消息，在谷歌上搜索后，我知道了他的葬礼将在阿伦达尔举行，这让我难以抗拒，如果这将是我最后一次……

我将车停在了大路边的一条岔道上，告别佩勒，然后走向圣三一教堂，它位于帝霍尔姆广场的右侧。我并不担心自己会在这里被任何人认出来，因为这里离我家很远。当然，依照惯例，我已经想好了一个我与这位海洋学家是如何结识的故事。

我既不兴奋，也不烦恼，只是充满了期待。我又一次体验了一场家庭生活。不过，安德雷亚斯的意外离世还是让人感到有些离谱，因为他只有五十五岁。当时，他正在西斯岛外进行海上研究，在一艘小型科考船上心脏病突发而亡。

我被他去世的消息震惊，我怀着对安德雷亚斯的家庭，他的妻子玛蒂娜和四名子女巴布罗、奥罗拉、皮特和乌丁娜的同情而来。通过在网上找到的文章和采访报道，我已经为自己描绘出了一个与安德雷亚斯结识的相当别致的故事，当然里面也有一些我自己的发挥和其他的引用。

要是我在这场葬礼上碰到了埃里克·伦丁家的人，我就不得不为自己提供一个不在场证明。如果莱顿出现了，她作为我曾经的妻子，知道我那些雪茄盒里的内容，我的故事就会变得毫不可信。除了他们之外，这个世界上没有任何人能够插手我参加安德雷亚斯·丹尼维格斯的葬礼这件事。

安德雷亚斯在奥尔有一座别墅。那座别墅位于瓦茨山不远处的赫斯胡达旁的白桦树林里。安德雷亚斯和这个地方有着非常紧密的联系，他经常离开家人和同事在这里进行数日的研究工作。另外，他还和这周围的山区有着非常特别的联系。他是一个徒步旅行的狂热爱好者，这是我们之间的共同点。我们都认为，如果不让身体动起来的话，头脑也不会动起来。爬山是一种进行思考的方式，一种认识自我的途径或模式。

我们第一次见面，是在八月末一个阳光灿烂的日子里，在雷纳斯卡维山上。我记得我们第一次谈话的内容，是关于山间牧场管理的话题。之后，我们变得更加熟悉，是因为我们在之后几年中经常一起去爬山。我们曾经一块去过拉夫达伦冰川，在那里可以360度地看到北边的挪威尤通黑门山和南边的高斯塔峰。我们在一个秋高气爽的日子里登上了雷纳斯卡维山，虽然那里野生黄莓的生长季已经结束，但是那里秋日的颜色仍然艳丽着。我记得我们坐在山上聊了很久，谈论了我们这一代人致命的碳燃料燃烧问题，因为它将导致大气变暖、海洋酸化和全球生物栖息地面临危机的必然结果。虽然我从二十世纪八十年代就开始通过阅读报纸等方式了解着这一话题，但是通过那一天的谈话，安德雷亚斯为我提供了更加深刻的自然科学的解读。他告诉我，在五千五百万年前，大气中的二氧化碳含量就开始大幅度的提升，可能是由于印度大陆向北移动，造成了火山活动，从而造成了大量的碳排放，导致短时间内气温骤然升高，陆地上的冰川融化，海平面升高了数十米。他补充说，人类现在正在全球范围内"模仿"这一过程，我们的行为会产生与印度板块移动导致海底的碳物质被释放出来一样的影响，而且我们用时更短，而在产生这一变化之后，则需要用大约十万年的时间才能使碳平衡重新恢复。

我问他是否相信在外太空中存在其他的智慧生命。安德雷亚斯说："肯定存在生命。但是我不确定是不是智慧生命。我们尚未从外太空接收到任何讯息。我们从未与外星文明进行过接触的原因，可能是因为我们刚刚谈论过的那个话题，碳燃烧。"

我不明白他最后这句话的意思："这是什么意思？"

安德雷亚斯看着我，一副若有所思的样子。他说："生命只能存在于能够让生命维持存在的大气中。而这一情况的前提则是，大量的碳元素会以一定的形式被锁定在石头、沉积物，或者是植被以及死去的植物和动物的尸体中，还有化石里。但是矛盾的是，在这类化石能源被生产或燃烧尽之前，无法产生科技足够发达的文明。因此，星球上的大气层会发生根本的改变，而这样的文明将会很快灭亡。"

我们坐在雷纳斯卡维山上。这座山在银河系的一个星球上。或许这是一颗生了病的星球……

我将要讲的这一切，都会用我刺耳的哈灵达尔方言说出。这是一种加分的方式。我是一个农民的儿子，喜欢徒步旅行，关注气候，还有一个来自阿伦达尔的海洋学家朋友。我已经不住在奥尔了，因此，这种联系不会起到什么作用。我稳稳地坐在车里，驶向了那片当我还是个孩子的时候就有密切联系的山区中。如果在这场葬礼上出现了任何我以前的老乡，我就会讲一个我是如何在赫姆塞达尔得到了一个住所的故事，那里是我这么多年以来在奥尔进行爬山远足的起点。

然而，在圣三一教堂的过道上，你出现了。我之后要说，我觉得当时我们是同一时刻看到的彼此，交换了目光，而且两个人都吃了一惊。你看上去是那么容光焕发，仿佛有一道光围绕着你。你穿着一件黑色的斗篷，黑色的头发披在衣领后，看上去温柔而优雅，平和而冷静。在之后的岁月中，每当我想起你的时候，都会想到这一刻。如果能再见到你，会怎么样呢？

你只是和我一样困惑，因为当时我已经坐在了教堂的长椅上，旁边还有空位，但是你会坐在哪里呢？当时，没有合适的时间或地点让我能够伸出一只手，邀请你坐在我的身边。阿格尼丝，我看出你犹豫了一下，但在最后一秒下了决心，坐到了祭坛附近的位置上。

但是，当我们走出教堂，在那辆黑色的灵车开走后，我们聚到了一起。我们跟着大部队走在去往帝霍尔姆山上的克莱瑞恩饭店的路上。你说你和安德雷亚斯曾是同学，并且一直保持着联系。我记得你提到了关于木偶戏院的事情。

但是你没有问我是如何认识安德雷亚斯的。我将之理解为一种谨慎的礼貌。或许你只是不忍心再听我编造谎言了，这当然是可能的。

走进饭店时，你看着我，对我说："我们要不要坐一桌？"

你为什么会这么说呢？我不知道我当时的反应是否正确，但是当我们坐下后，我们仿佛代表了同一个家庭；对我而言这是一种不寻常的感觉：携伴出席一场葬礼。

我们这一桌共有八个人。我马上就发现了，你们七个人都是彼此认识的关系，或许你们都和安德雷亚斯有什么关系吧。只有我是个外人，这也是我很熟悉的一个角色。除了你之外，没有人见过我。

那些试着与我搭话的人，都没有怀疑我，友好且热情。之后，一个不可避免的问题随之而来：你和安德雷亚斯是怎么认识的呢？

我准备开始按照之前计划好的内容回答：在哈灵达尔的奥尔、在瓦茨、在雷纳斯卡维山的旅行中……

但是我没能做到。因为你现在坐在我的旁边，你了解我。我现在无法编造任何故事。我不知道如果我又开始夸夸其谈的话，你会有什么样的反应。

有那么几秒钟的时间，我一句话都说不出来。你看到了这一切。或许你觉得我又要开始无法控制自己了。

我看着你，思考着：我可以说我不认识安德雷亚斯吗？我可以说我是和你一起来阿伦达尔的吗？

情况变得岌岌可危。一切都处在崩溃的边缘。

但是，你碰了碰我的肩膀。你看着周围的人，告诉他们我没有见过安德雷亚斯，我是跟着你一起来参加这场葬礼的。

坐在这张桌子上的其余人都好像如释重负地松了一口气。我不知道这是否因为他们都明白了我的位置，还是因为他们为你有同伴一块来到阿伦达尔而感到高兴。

你拯救了我！已经救过我两次了。

我们聆听着追悼会上的悼词，这里的音响声音很大。在讲话的过程中，周围都伴随着哭声。安德雷亚斯的离世确实太突然了。在一个船工发现他的那艘船之前，甚至都还不够时间申报失踪。那位船工也来参加了这场追悼会，是他发现安德雷亚斯毫无生气地倒在甲板上。

我们桌上当然也有人谈论着死者。他们中的很多人都是气象学家，有些是安德雷亚斯的同事，他们在弗洛德威根的海洋研究所工作。因此，他们还谈论了一点儿关于气候的话题。在过去八十万年中，大气层中的二氧化碳浓度第一次超过了四万分之一，这项纪录主要"归功于"人类的碳燃烧活动。有人指出，目前二氧化碳的排放量是不受控的。二氧化碳气体必须被大气层重新吸收，例如通过目前大量使用的碳储存生物燃料。

        *   *   *

你介绍我们的方式自然得体，而且让我们之后一起参加追悼会也变得理所当然。我们很快就离开了饭店，两个人单独走在一起，我们应该什么时候、如何分开各走各路则变得有些模糊不清。

我们相伴散了一会儿步，绕着花园和帝霍尔姆山的码头走来走去。

葬礼之后，我们都要回奥斯陆，但是我是开车来的，而你则要去谢维科机场搭乘当天晚些时候的飞机。我们最后决定由我开车将你送到机场，然后我再掉头向北开回奥斯陆。

我们走到我停车的地方，我坐在驾驶员的座位上，你打开副驾驶那一边的车门。副驾驶的位置上坐着佩勒，我每次都会将他放在那里等待着我回来。我将他拿起，犹豫了一秒钟。我在想，我是否应该把他一下子扔到后座上。我的这种做法不会让他感到任何的伤痛，因为反正他也并没有生命……

但是当你打算坐下的时候，我只是将佩勒放到了我的左胳膊上，让他有了一次能够向你自我介绍的机会。他像是狐狸似的朝你鞠了一躬，然后用他独特的声音进行自我介绍："我是佩勒·斯克林多。不过大家都叫我佩勒。"

你的脸上焕发出了光彩。你看着佩勒，对他说："我是阿格尼丝。阿格尼丝·贝尔格·奥尔森。"

佩勒说："或许你是那位传说中的北欧研究专家马格努斯·奥尔森的亲戚？"

奥尔森是一个很常见的姓氏，所以这么问其实有些奇怪。不过你还是点了点头。

"是的，我们是亲戚，不过离得比较远。"佩勒想要表现得俏皮一些，他接着说，"小姐，再远也是亲戚啊。你知道他是在我们现在所在的这座小城里长大的吗？"

你有些迷惑地说："不，我还真的不知道。""或者你知道他的侄子也是阿伦达尔人。他的侄子是卑尔根大学的北欧语言学家，名叫卢德维格·霍尔姆·奥尔森。"你饶有兴趣地微笑着说："这我也不太知道。"斯克林多先生总结道："不是人人都知道一切的。"你的目光没有从他的身上离开，但是你犹豫着是否要再说点儿什么。佩勒直接说："你结婚了吗?"你一下子笑了起来。你先点了点头，然后又摇了摇头。佩勒冲着我也点了点头，说："他也没有。"之后，你一直盯着斯克林多先生，并不看我。我能看到你脸上有一道阴影。你说："我曾经结过婚。"你用一个意外的方式回答了佩勒的问题。然后，佩勒又冲着我点了点头，说："他其实也结过婚，虽然这有些难以置信。不过他现在又恢复自由身了。你呢?"你又笑了起来，几乎笑弯了腰。但是，你依旧没有看我一眼，只是对着佩勒不停地笑，笑个没完。我将斯克林多先生从胳膊上取下来，扔到了后座上。我从来没有见过这个家伙的这一面，今天他表现得有些失控了。当我发动引擎，将一只手放在变速器上时，你也将手放在了我的手背上，大约只持续了一秒钟，但是我能感觉到你在我的手背上的重量。我踩了一脚油门，我们就上路了。

在我们开到18号高速公路的转弯处时，我本来应该朝左拐，把你送到谢维科机场去的。这时，你问我是否可以搭乘我的车回奥斯陆。你说，你觉得让我一直朝着反方向开车感觉不太合适。

于是，我们在回到首都的家的路上多相处了几个小时。我们一路上谈天说地。你让我告诉你关于格蕾特·西西莉的更多的故事，还有我们一起在奥兰斯达尔峡谷的那次徒步旅行。我看了你一眼，问你是不是认真的：我是否应该告诉你关于格蕾特·西西莉的徒步旅行更多的事情？你露出了神秘的微笑，并点点头。你看上去就像是一个小孩子，而我的故事就像一袋巨大的糖果，你怎么吃都吃不够。我于是将你想知道的都告诉了你。

我们开始聊起你的表兄特鲁尔斯的故事。或许这是我第一次问关于他前额的那道可怕的伤疤是如何来的问题。不过，回到奥斯陆的路程很长，你可以从头讲起。

你说你们俩人都是1957年11月出生的，是同龄人。你的亲哥哥们都比你大很多岁，在你的童年时光，特鲁尔斯更像是你的亲兄弟。长大成人后，你们俩的关系也很近。

特鲁尔斯还是个年轻的大学生时就和丽芙－贝莉特认识了，他们很早就有了孩子，他们的两个女儿是你从小看着长大的；你说你就像是她们的一个姨妈，而你没有自己的孩子。

现在，特鲁尔斯是一位知名的神经学家和心脏病专家，你毫不掩饰自己为他感到骄傲的心情。在他所研究的相关领域，他已经是享誉世界，他前不久还在奥斯陆负责了一个国际会议。会议的主题是"人类的大脑和记忆"，而这正好是特鲁尔斯自己的研究领域。

我问："他是如何解释记忆这件事的？"你笑了笑，说："这个问题我已经问过很多次了。你知道他是怎么回答的吗？"我摇了摇头。你说:"他不知道。特鲁尔斯是世界上一流的心脏病专家。但是他对记忆这件事并不了解。"这一次,轮到我笑了出来。我觉得我们俩聊得很愉快,阿格尼丝。你补充说:"每一个十二岁的人都觉得自己知道自己在想什么,大部分的男孩都认为自己了解关于宇宙的一切。然而天文学家却摇着手说他们什么都不知道。"

我们两个都笑了起来。我接着说:"他前额的那块伤疤是怎么回事儿?"于是,你将关于伤疤来由的整个故事告诉了我。当你俩还是孩子的时候,总会去住在瓦勒的祖父母家度假。虽然特鲁尔斯是男孩,你是女孩,但是你们一直睡在同一间卧室里,一直到你们长到十来岁。你们的父母其实早就建议你们分开,但是你们一直反对。

你们俩会整夜不睡一直聊天,聊到第二天早上太阳升起。暑假的时候,你们会一直聊到清晨。要不然,你们会一直醒着不睡,听着窗外夜莺的歌唱。夜莺的歌声非常优美,有一种特别的力量和音色,你们会看着彼此笑出来。有几次,你们甚至会开心大笑到直不起腰。

有一次,当你们在苹果园玩的时候,发生了一起意外。当时,你们俩只有八岁,关于年龄这一点,你非常确定,因为那是格蕾特·西西莉坐在轮椅上的第一个夏天。特鲁尔斯和你当时移动着一个老井上的盖子。那个盖子是块非常沉的厚木板,但是它并没有被牢牢地固定住。你们俩把它朝一边使劲推开,想要看看井里有什么。那口老井里并没有水,但是你们还是想看看数米深的黑洞里有什么。

不过,你已经记不清当时究竟发生了什么,你说。当时可能由于意外，特鲁尔斯突然头朝下栽到了井里。你立刻高喊求救，四个大人马上赶来救援。他们将男孩从井里艰难地拉了上来，但是你强调说你记不清楚细节了。被救上来后，你表兄的脑袋上有一个可怕的伤口，而且在不停地流血。但是他的意识还在，也没有哭。

当时，瓦勒那里还没有通公路和桥梁，所以大人们必须乘船将特鲁尔斯立刻送到克洛克岛上去，那里有救护车在等待，他们会将男孩儿送到弗莱德里克斯塔的医院去。但是，你不能跟着一块去，只能待在岛上。你觉得一切都是你的错，大人们一定会因为这件事责怪你。当时，在半年前格蕾特·西西莉发生意外之后，你们家里已经不能再承受更多的意外了。

当天晚上，特鲁尔斯和他的父亲从市医院回到家里。他的头上包裹着一大圈绷带。医生给他缝了十七针，之后，他的前额上就留下了那道伤疤。

你说，你的记忆中有一块很大的空白，这让你无法回忆起所有的内容。但是有一件事你记得非常清楚。那就是特鲁尔斯之后得到了一大包的糖果，而他在能够回到家里和你分享之前一直拒绝打开它。

讲完这件事之后，你坐在那里盯着窗外看了几秒钟。然后，你又看了看我，有些尴尬地说："我不知道我为什么要告诉你这些！"

但是，这是我要求你告诉我的。这是我的请求。一切都很好。听到你讲的这些事，我觉得很高兴。我感觉我们已经认识好几年了。不过，问题又回来了：我现在为什么要告诉你这些？我为什么要坐在哥特兰这里重复着这一切？我们已经在车里都说过了啊。是的，阿格尼丝。我很享受重复讲述这些事的过程。你的讲述是那么的生动、温暖，而又尖锐。在我听起来，是那么的让人充满活力。我不知道我是否还有任何别的这样的密友。

很多年后，当我进行更长的汽车旅行时，我会讲起这件事。和安德丽娜去奥斯高德海滩的那趟旅行是一个谎言。那只不过是我写出来的一个故事。

我经常让自己沉醉在这样的幻想中。

在我们回奥斯陆的路上，你曾有一次让我将车靠边停下，因为你想和佩勒聊天。他表现得还可以，不过你们的对话渐渐让我觉得有些难以忍受了。我想要打断佩勒，我觉得他提了太多的关于你的个人问题。而你则很有耐心地一一回答，而且是笑着回答的。不过，你很快就再次掌握了主动权，开始将问题抛回给他。他讲得真的很多，从1959年的霍尔斯日一直说到我在纸牌游戏上赢了他的事情。关于这之前的事情，他什么都不记得了。

这时，车开进了奥斯陆，我意识到，我们这趟漫长的旅行就要画下句号了。我们俩中的一个提议说，我们可以把车停下，在霍勒姆斯的一家餐厅吃晚餐。喝完一杯咖啡后，我们两个决定，我之后可以给你写信。我们没有相约再见。我们也没有再见的机会。但是我可以给你写信。这是你说的。最后，你请我给你写信。你想要了解我是怎样的一个人，还有我为什么会出现在格蕾特·西西莉的葬礼上。

我还有一段关于那天的水晶般清晰的记忆。虽然我们没有相约再见面，但是当我们的车开进首都的时候，你说你希望能够再见到佩勒。另外，你要求我向你承诺，承诺你可以再见到佩勒。

关于我是否会把我自己的故事寄给你，我还没有做出决定。在我决定之前，我必须告诉你我在哥特兰的经历。这里还有一小章关于伦丁的故事。虽然我现在坐在这里写着信，但我不想和这里有任何的关联。

司文-奥克

2013 年 5 月 20 日，星期一，圣灵降临节的第二天。我坐在屋子里，看着外面的阿勒梅湾和波罗的海。海面上波光粼粼，太阳正在缓缓地落入远处的海平面，空气中一丝风都没有。房间的两扇窗子都开着。这是我记忆中最为炎热的一个圣灵降临节。

我已经坐在饭店的房间里写了四天的信，这期间只有几次去城里吃饭，晚上也出去喝了几杯酒。我总是一杯酒一杯酒地点，虽然它们加起来并不比一瓶酒的量要少，但谨慎是一种美德。我喜欢将这些杯子都放在桌上，看起来就像是一条滚动的带子。维斯比这间餐厅名叫"住家"，因为它所在的那幢建筑物曾经被用作居民楼。

如若回头看看我之前讲述的关于哈灵达尔的内容，我的故事就要再回到十二年前。当时我在埃里克·伦丁教授的葬礼上见到了你的表兄，并且和伊娃就印欧语进行了一番小争执。几个月后，我又遇见了这位年轻的女士。那是在安德丽娜的葬礼之后的追悼会上。几个小时之后，就发生了在奥尔沃勒森林中的那场相遇。

在那之后，我再也没有见过她。我这里说"再也没有"，是因为伊娃突然出现在了哥特兰。在我的故事中，她将会再次扮演一个角色。那是在 5 月 17 日"挪威国庆日"的下午，我来到这座岛上的第二天。

我到哥特兰是为了将自己隔离起来，这里的"隔离"就是字面上的意思。我想在这个夏季结束前努力写一些东西，让自己可以在轻松的圣灵降临节期间坐在饭店的房间里，好好地用笔记本电脑进行写作。写给你，阿格尼丝。我说过我无论如何都会试着给你写信的。

现在，我要让我的故事再次回到我们最后一次见面的一周后。那天上午，我在奥佩高德市和一位学者会面。之后，受到好奇心的驱使，当我前往火车站的路上经过考尔波特教堂的时候，我实在无法控制自己不去看看那间老教堂中正在发生的事情，因为我看到一辆灵车停在那座石头建筑的教堂外。我知道，那里正在举行葬礼。

我又一次"习惯性"地进入了教堂外的广场，然后轻手轻脚地走进了教堂。祭坛前放着一口白色棺材，上面摆着一个简单的花环。一位男性牧师正在致辞。过道左边的讲坛一侧，站着三个人。两个来自殡仪馆的负责人坐在教堂的最后一排，我在离他们几米远的地方站了几秒钟。

我在教堂外一张白色的桌子上拿到了一份活动说明。坐下后，我看到说明第一页上印着逝者的头像。是那个又高又黑的男人！

我一下子愣住了，立刻拔腿就跑，冲向考尔波特火车站。我的脑子里只有一个想法：这可能是我的葬礼！

很明显，对我来说，一个时代结束了。我再也不会偷偷溜进任何一个葬礼了。为此，你也曾在格蕾特·西西莉的追悼会上含蓄地批评过我。

然而，当我收拾好行李来到哥特兰的时候，我依然鬼使神差地给自己准备了一套黑色的西服和一双锃光瓦亮的皮鞋，以备"不时之需"。

我可不敢贸贸然地认为在这么多天的旅行中可以不见到任何人。我可能会遇见例如服务员、早餐师傅和前台接待，当然，我很乐意与他们进行简单的对话。但我可能会表现得又蠢又讨厌。

我还带上了佩勒。他每次都会与我一块进行长途旅行。而且他也可以和我坐在一起，进行一些愉快的交流。

在维斯比那座很小的机场的到达大厅里，我花了两三分钟的时间等待行李箱，我注意到旁边的架子上放着几份《哥特兰报》。

现在距我来到这里已经过去了四天。这不是我第一次来到一个地方后阅读一份当地的报纸。这是一种了解当地的方式，可以知道当时正在发生的事情。

这份报纸是几天前的，当我坐在饭店的房间里翻阅它的时候，我注意到一则讣告，一位名叫司文－奥克·高戴尔的年长的神学家兼牧师将会在第二天上午于布鲁教堂下葬。布鲁教堂位于这座汉萨古城东北方向几公里外的地方。他的葬礼将于5月17日举行，正是我这趟圣灵降临节旅行的第一个星期五。

我又看了一遍那个讣告，然后开始思考这位死者。经过一晚上的思考，我决定去参加司文－奥克的葬礼。如果我已下决心不再偷偷溜进任何一场葬礼了的话，这一次的葬礼可以作为一个很恰当的终结，结束我这一"漫长而丰富的事业"。而且，我现在人在国外，可以轻易做决定。有很多人都是这样，当他们身处异国时，可以轻易地允许自己做很多事情。我并不是什么特例。

我坐在饭店的房间里用笔记本电脑上网谷歌搜索司文－奥克·高戴尔。我必须确保自己第二天能够有一个充分的理由去参加他的葬礼。我给自己找到了很多重要的理由。我越是不停地思考这些理由，这些理由就变得越是"内化"，我自己都忍不住开始相信了。就连我自己的一部分道德机制都被它们"说服"了。

高戴尔是瑞典教会最优秀的自由主义神学家之一，这也给他带来了很多争议，不光是在哥特兰，整个瑞典都如此。他对上帝之子耶稣有自己的见解，他认为耶稣是被上帝所收养的一个儿子，并不是他生出来的。在他的理论中，他不同意《马太福音》和《路加福音》中处女生子的说法，他认为这是由于对先知《以赛亚书》的错误翻译。先知以赛亚沿用了原始的希伯来文，认为那位"年轻的女子（almá）"应该有孕在身，但是在《旧约全书》①中，这个公元两百多年前由希伯来语翻译成希腊语的版本中，"年轻的女子"被错误地翻译成了"处女（parthenos）"，而之后的《马太福音》和《路加福音》都引用了这一错误的版本。

高戴尔沿着这一方向研究得很深入，他声称自己基督教的身份与耶稣混乱出身的教义无关，也与耶稣升天和圣灵降临这两件事不同。他的这一"激进"言论在很多电台访谈中反复出现："即使基督没有复活，我也会是一名基督耶稣信仰下的牧师。"之后的数年间，不断地有人要求高戴尔将他的这番言论收回，但是他一直没有同意。

我为自己精心编造了一个关于如何与这位牧师认识的故事：我们俩很多年前就认识了，我们之间进行了相关专业的讨论，还有很多关于人类的对话。我曾经将基督教作为一个学科进行过学习，因此，我对高戴尔的理论观点自然而然地产生了共鸣。

我尤其欣赏他对于教条和戒律的批判精神。虽然有很多神学家都对此持保留意见，但是在公开场合中他们都不曾质疑，而且他们对于教会教条的信仰，只不过是谈论天使、魔鬼、堕落和审判日。我觉得一定有牧师早就不在自己家中进行晚祷告了，而是通过大弥撒时礼拜

---

① 《旧约全书》：该书为希腊语，相传公元前三世纪（前270）72位犹太学者于亚历山大用72日译成。

仪式的祷告寻求安慰。也一定会有牧师会平静地将宗教教义同自己的想法一道说出，但是他们第一、第二或第三层的个人信仰都不会有任何改变。

我对人类的信仰一直持着开放的态度，或许这来源于我的那段嬉皮士岁月。但是我也对那些放弃其一出生就抱有的信仰，并毫不遮掩地在公开场合说出他们不再相信的事物的人抱有最高程度的敬意。我将与此相反的人称为"伪君子"。

除了哥特兰之外，全世界再也找不到一个地方会有这么多的中世纪教堂了，而布鲁教堂则是其中最美丽和最重要的一间。

这座教堂的墙壁上绘有公元三世纪的异教徒的石雕。美丽无比的石雕上有一个太阳标志和两朵玫瑰，下面是一艘搭乘了水手的船，这些都体现了哥特兰的石雕风格。教堂最里面高塔拱门的下方，还有一个公元十三世纪左右就建成的精致的洗礼池，立在一堆细沙中。这是一个伟大的艺术作品，因为它是一个巨大的陶瓷制品。在左边的祭坛背面，我看到了从未见过的出奇美丽的一幅关于伊甸园的壁画。祭坛的背面画着亚当和夏娃，他们被一群美丽的动物包围着，仿佛是世界上最纯洁无瑕的存在，而夏娃却正伸出手，受到那条蛇的蛊惑，要去拿那个从智慧树上长出来的禁果。夏娃啊！你知道你在做什么吗？

我提前数小时来到了这场葬礼的举办地，因此，我能够在其他人到来之前好好地参观一下这间教堂。我有充足的时间在教堂周围的小墓地中走一走，看看那些墓碑。我在其中一块石碑上看到了高戴尔的名字，这里将会是这位老牧师的坟墓。

高戴尔是一个古老的哥特兰姓氏，在这座岛上被广泛使用。十八世纪中期，一位名叫拉什·贝尔特霍德·哈尔格伦的牧师将Garde（高德）或Garda（高达）这两个词改为教名Gardell（高戴尔），这两个词的本义是"被隔离的区域"。这些名字和挪威语中的姓氏Gaarder（贾德）及很多词同源，包括挪威语中的gård（花园）和gjerde（栅栏）、德语中的garten（花园）、法语和西班牙语中的jardin（花盆）、意大利语中的giardino（花园）、英语中的garden（花园），甚至还有英语中的yard（院子）和court-yard（庭院），这两个词都可以追溯至同一个印欧语的词根*gher–，意思是"包括或把……围起来"。这个词根还与北欧神话传说中很多词有关，包括Midgard（尘世）[1]，即世界中心的人类的活动场所，以及Åsgard（仙宫）[2]，即众神的家，还有"Utgard（外宫）"[3]，约顿巨人之家的城堡，由约顿巨人和山妖管理。在君士坦丁堡或拜占庭时期，这个北欧姓名被称为Miklagard，即"大城市"。我们还可以在梵文中找到这个印欧语的词根*gher，即grhás，意思是"家庭""住"。在拉丁语中，hortus是花园的意思，因此，拉丁语中有hortensia（霍滕西亚花[4]）；希腊语中有khórtos，

---

① Midgard：北欧神话中的凡间。
② Åsgard：北欧神话中的天堂、仙境。
③ Utgard：指北欧神话中约顿巨人的家，即位于仙宫与尘世之外的部分。
④ 霍滕西亚花：一种绣球花属植物。

意思是"围栏";爱尔兰语中有gort,意思是"田地"。还有教堂斯拉夫语中的grad,意思是"城堡"或"城市",例如Leningrad(列宁格勒);还有俄语中的gorod,例如Novgorod一词,意思是"新城",等等。

为什么我会这么关注这些语言上的亲缘关系?答案有些苦涩,但也很简单:我没有能够展示给大家看的自己的亲缘关系。除了印欧语族,我与其他的"大家族"没有任何联系。一个人的身份和认同与其所说的语言是有联系的。我的母语是哈灵达尔地区的方言,这是挪威语的一个分支,而挪威语则是北欧语或北日耳曼语族的一个分支,而日耳曼语族还有一个分支,即包括英语、德语、荷兰语、弗里斯兰语、依地语①的西日耳曼语族分支;还有东日耳曼语族分支,其中有哥特语,这是一个已经消亡了的分支,只有文字语言被保留了下来,存在于公元二世纪一本名为《乌尔菲拉②的圣经》中;另外,还有一些古代北欧文字和日耳曼文字。整个日耳曼语族分支是印欧语系下面的一个重要的语族分支……

我没有子孙,没有兄弟姐妹,父母都已离世,但我拥有活生生的语言,我能够清楚地说出它们与整个印欧语族的关系,跨越地域的界限,从冰岛到斯里兰卡;跨越时空的界限,从现在到六千年前!

我这里所说的"语言",并不是指生物学意义上的"语言"——它与我说的"语言"毫无关系——我所说的"语言",来源于一小群人,

---

① 依地语:犹太人使用的国际语言。
② 乌尔菲拉:Wulfila,哥特主教和基督教传教士,是《圣经》的译者,也是哥特字母的创造者。

他们是古印欧人，生活在五六千年前，可能生活在俄罗斯南边的大草原上。我的"语言"是从他们那里继承而来的。我所使用的词汇，很大一部分来源于这样的印欧语中的继承词汇。

我知道，我"属于"一个与我有紧密联系的语系。在这个语系中，我的"语言"有自己的祖父母、曾祖父母、曾曾祖父母，阿姨和叔叔，表兄妹，还有外表兄妹、外外表兄妹。我与这一已光荣地存在了数千年的语言大家庭"生活"在一起。然而，我与另外一个语系，汉藏语系——全世界第二大语系，毫无关系。我与包括了数千种不同的非洲大陆上使用的尼日尔–刚果语系也毫无关系，例如班图语①。偶尔，我能从亚非语②中看懂一两个词，因为这一语系包括希伯来语、阿拉伯语和埃及语。我至少能看懂之前提到过的一个词，那个希伯来语中的almá，意思是"年轻的女人"。我还可以看懂一个词，阿拉姆语中的ab-ba，意思是"父亲"，在《新约》中，耶稣对上帝说话时使用了这个词。

我对这另外两个语系并没有什么想法，因为它们都不属于我的"家族"。

*　　　　　　　*　　　　　　　*

这座老教堂位于一条公路旁，另一边是耕地。当人们鱼贯而入教堂之后，我不由得回忆起儿时家乡的景象，当时人们会从很远的地方聚到一处，参加一场婚礼或是葬礼。此刻，教堂中的椅子上坐满了人，

---

① 班图语：南非使用的语言。
② 亚非语：亚非语系旧称闪含语系，主要分布在亚洲西部的阿拉伯半岛和非洲北部。

后面还站了一排人，就连那个老洗礼池和过道中间也站着人。牧师先自我介绍了一番，然后介绍了教堂对于耶稣基督降临的信仰。但是他同时强调说，耶稣永远不会对他的信徒说出任何这样的教条。难道强盗说出一些教义就能上天堂吗？谁又能质疑司文-奥克·高戴尔是一位真正的基督徒和牧师呢？

最后，牧师说："今天，我们来到这座瑞典教堂的屋檐下。我们不知道耶稣到底是如何形容自己的，我们也不知道他到底是如何看待自己和自己的角色的。但是今天，在司文-奥克·高戴尔的葬礼上，我们同使徒保罗一同说，若无耶稣基督的降临，我们的信念和信仰就会变得毫无意义。司文-奥克已经去到了上帝那里！若是他自己无法相信这一圣迹，就让我们替他相信。我们相信并期待着司文-奥克的复活！"

这位牧师对于一位令人尊重的基督教学者说教式的，甚至有些高傲的致辞并没有打动我。但是我也想不出更好的说辞。也许今天晚些时候，我能够有机会表达自己的观点。我一直在想着这件事。我认为我非常了解司文-奥克，因此，我有义务去捍卫他的观点，而这也是他最后的精神遗言。

之后，大家都被邀请去参加下葬后的追悼会。我不知道追悼会的位置，是否还有另外的一个礼堂，还是在教堂附近的什么地方。通知者只说了一个名字，我从未听说过这个名字，不知道它是地名还是人名，我经常将地名和人名搞混。因为我之前从来都没有来过这个地区。

致辞结束后，人们从教堂里鱼贯而出，来到距离教堂下方四五十米外的墓地。烈日当头，牧师朗读着《圣经》，棺材被缓缓放下，然后牧师完成了向棺材抛撒土的仪式。牧师又说了一些关于复活的内容。之后，墓地旁响起了圣歌，身穿黑色服装紧紧地站在一起的人们开始分散，沿着墓地旁边的小路离去。有的人在拥抱，有的人在啜泣，但是我注意到有几个人默默地露出了微笑。

参加葬礼的并不都是哥特兰本地人。我知道有很多人都是从内陆地区来的，他们是为了向司文-奥克·高戴尔道别。在瑞典的教堂里，牧师具有重要的地位，很显然，他拥有自己的信徒。

有人与我攀谈时，我用挪威语回答。其实我并不需要这样，因为我完全有能力说一口和瑞典人一样的本地语。我会遇到的问题可能只是我从哪个国家来①。大约四十年前，我曾在瑞典的隆德大学上过一个"瑞典语言和文学"的夏季课程。不过，人有时需要分场合地伪装自己，我指的是在葬礼上，

特别是在一个宗教偶像的葬礼上。我开始担心我那个关于如何结识司文-奥克的长长的故事可能会有破绽。我心中默默地想着阿伦达尔，还有我们在玛车餐厅的那次对话。但是只要我还在这里，我就必须回答其他人提出的问题。我说我是很多年前，在斯德哥尔摩的一个"普世教会合一运动"的会议上遇见司文-奥克的，之后，我们一直保持着联系。但我们并不是密友。

---

① 因为瑞典语是瑞典和芬兰两个国家的官方语言。

我尽力让自己镇定一些。我告诉别人，我其实并不是专门来哥特兰参加司文-奥克的葬礼的，因为我之前并不知道他去世的消息，这也是我第一次来到这座海岛。来到这里后，我觉得出于礼节，应该参加他的葬礼。

但是，当我突然看到一对中年夫妇后，我吓了一跳。他们是司文·贝帝尔和古妮拉·伦丁。我小心地问了一下他们是否是奥斯陆大学的一位知名的语言学家埃里克·伦丁的亲戚。他们张口结舌地看着我，我觉得这是因为我猜中了。我一定是忘记了自己曾经在伦丁教授的葬礼上和这对夫妇说过话。难道不是他们吗？为了验证我的猜想，我不得不和他们介绍了我与埃里克·伦丁教授的关系，还有他的子女、子孙，告诉他们我们这些年来一直保持着联系。这对夫妇交换了一下眼色，然后说，在瑞典，"伦丁"是一个很常见的姓氏，有超过一万五千名瑞典人都姓"伦丁"。我为自己需要通过这种方式接受"教育"而感到羞愧。

葬礼结束后，我被邀请参加之后的追悼会，但是我谢绝了。我说，我现在必须回到维斯比。因为那里还有人在等我。

我亲自谢绝继续参加一个如此热情友好的活动是件很奇怪的事。仅仅是语言和方言就能愉悦人的耳朵和心灵。但是我已经作出了决定。现在，这场游戏必须结束了。

有时，见证自己的反应是一种充满了矛盾色彩的体验。它可能是一种完全不可预见的经历。

我开始寻找佩勒。他就在不远处，在我每次出门都会带上的一个小背包里，他旁边还有一瓶水和一本书。我从来都没有见过有人会穿着深色的西装，同时肩上背着一个小布袋子，即使袋子也是黑色的。

身着黑衣的人群逐渐散去，我独自一人站在一棵树冠巨大的树下，一切仿佛是发生在一部漫长的电影中的场景。周围的人变得越来越少，我的嗓子里有一个肿块，于是我很快无声地一个人来到了这座古老的中世纪教堂的石围栏外。我仿佛是中了魔咒，然后又从这个可爱的魔法中逃脱了出来。

我不知道我该如何返回维斯比。我来的时候坐的是出租车，但现在这里可打不到车。于是，我开始朝市里的方向走。不远处，有一个公交车站，那里有一个漂亮的蓝色长椅供等车的乘客坐下休息。大约一个小时后，会有公共汽车从法罗开来。一个小时的时间能够让我徒步走完返回维斯比的一半距离。但是那天天气很热，所以我还是选择坐在椅子上等公交车。

我松开背包带，拿出水瓶，喝了几口水，然后将佩勒放在了椅子上，让他坐在我旁边。但他其实想要坐在我的胳膊上，他看起来兴奋的就像是一个蚁丘，根本停不住。我知道我得好好喘口气才能开始和他对话。但是佩勒等不及，我还没有把他放在我的左臂上，他就开始对我说："我们现在要做什么？"

"我们在等公交车。"我说，"大约要等一个小时。"

"我们就在这里坐着吗？坐上一个小时的时间！"

我建议说："我们可以玩'奥丁的乌鸦'这个游戏。我们坐在这里，然后告诉对方我们看见的东西。"他把目光从我身上移开，扭头看着旁边的道路。他说："我看到了一条'路（vei）'。在古挪威语中是vegr，它是挪威语vogn（车）的词源，来源于日耳曼语的词根*wagna−，它也是英语中wagon（货车）和德语中Wagen（车）的来源。在印欧语中的词根是*wegh−，意思是'运输'，在拉丁语中的词根是veho，意思是'运输、运送'。因此，外来词汇vehikkel的意思是'车辆'，而拉丁语中的via就是vei（路）。在梵文中，vahati一词的现在进行时的意思是'他运送'，该词与日耳曼语中表示运动、称重的词语同源，而它的原始日耳曼语的词根为*wegan−，意思是'移动、拉起、称重'。"

斯克林多先生抬起头，聚精会神地看着我。我说："等一下。"然后，我通过手腕感觉到他正在放松自己。

我其实可以说一些大致和他一样的东西，不过外来词汇vehikkel（车辆），也就是英语中的vehicle一词，我还从未听说过。我将佩勒放在自己的胳膊上，但还是想不起来我曾经听说过或者看到过这个挪威语中的外来词汇，不过佩勒认识它，所以我只能接受。

这时，他打断了我的思路。他问："你呢？你看到了什么？"我朝道路另一边望去，那里是一块肥沃的田地，应该之前被耕种过，不过现在杂草丛生。我说："我看到了一个没有被开垦过的田地（åker），在古日耳曼语中的词源是*akra−，在印欧语中的词根是*agro−，在梵文中是ajra，在拉丁语中是ager，在希腊语中是agros，还有外来词汇

agronom。这个词的印欧语基本词意可能与用牛'拉'有关系，因为在印欧语的词根中，*ag-的意思是'拉动、牵引'；在古北欧语中是aka，意思是'开车'；在瑞典语中åka的意思是'开车'；在挪威语中ake的意思是'流动'或'滑雪'，无论是在雪橇上，还是坐在地上。有雷神之锤的雷神托尔（Tor）被人们称为'驾车托尔（aka-Tor）'，因为他会在天空中驾驶自己的马车。我们还可以在拉丁语的外来词汇中找到很多这一印欧语的词根，例如agere（做反应）、agent（代理）、aktiv（积极的）、aksjon（反应）；还有希腊语的外来词汇中的demagog，意思是'煽动者'，pedagog，意思是'引导'孩子的人，等等。"当我和佩勒说话的时候，总是会注视着他。因此，我没有再看那片田地。我希望他能够给我一些反馈："怎么样?"佩勒优雅地点了点头，说："听上去还不错。那些犁地的动物，需要套上轭（åk），我们可以在økt（增长的）这个词中找到它的变形，还有øk（老）这个用来形容一匹疲惫的马的词中看到它的变体。这个挪威语单词来源于古北欧语中的ok一词，在德语中是Joch，英语中是yoke，它们的古日耳曼语词源是*ju-ka-，来自印欧语中的*yugó-，是*yeug-的词根，意思是'使结合'，来自梵语中的外来词汇yoga的意思就是'结合'。"

我现在有机会打断佩勒了。

我说："åk这个词可以在整个印欧语系覆盖的地区找到联系，在拉丁语、希腊语、凯尔特语、巴尔托斯拉夫语、吐火罗语和赫梯语中都有，还在一些原始印欧人的文化中有过提及。特别是在那些需要为生存而奋斗，每天都在辛勤劳作的农民的文化中，能找到它的使用记录。"我感到了佩勒压在手腕上的重量，我曾经有几次因为它而感到关节疼痛；不过有时，我会想象这本就是佩勒的手。所幸这不是我用来写字的那只手。

他收紧了我的肌肉，然后说："他们必须'举起（løfte）'，这个词来源于luft（空气）和loft（阁楼），它们的日耳曼词源为*beran-，意思是'携带'和'出生'。在日耳曼语中还有相关的词语，如bør（应该）、båre（担架）、byrd（诞生）、byrde（负担）、barn（孩子）、barsel（分娩）和 bursdag（生日）。这些词都来源于古日耳曼语中的词根*bher-，意思是'承担'。我们在印度可以看到印度语中的名字Bharat，例如婆罗多王（Bharata），这个名字的本义是'能够承担的人'。还有拉丁语中的ferre，意思是'承担'，它也来源于同一词根。我们还可以在很多外来词汇中找到同样的情况，如referere（引用）、differere（区别）、fertil（生育），等等。"

他终于又放松了……交谈的过程中，不断有汽车和摩托车从我们面前的道路上开过。他们中一定会有人觉得看到一个成年人和一个手偶坐在一起热烈地交谈是件奇怪的事情。我必须时不时地让自己摆脱这种想法，不要被它所影响，因为我难得遇见可以对话的人。我们现在可不是坐在奥斯陆某个公园的长椅上。我们所处的位置，是波罗的海上一座海岛的乡下。让我来进行一个简单的对比：有很多人只要离开家，离开得足够远，就敢于裸泳。我也不想自寻烦恼，和佩勒说说话还隔得老远，就像是东边的太阳和西边的月亮。他们愿意批评就批评去吧。只要我的学生没有看到就行，除了他们，别的人都不会让我感到难堪。

我接着说："不过，他们有马（hest）。我们可以在古北欧语中找到这个年轻的词语，还有印欧语中的jór，例如Jórvik，也就是我们说的Hestvika（马湾），同样的名字还出现在了英国的城市York（约克市）的名字中，还有美国的New York（纽约）。在古北欧语中，我们可以找到很多有关hest（马）的相关词汇，如Jostein，即hestestein（马石），它可能是登上马的时候垫脚用的石头。这个词来源于古印欧语中的*ekwos，我们还可以在拉丁语中找到相关的词语equus，希腊语中的híppos，如hippodrome（赛马场），还有爱奥尼亚方言中的词ikkos，迈锡尼语中的ikkwos，梵文中的ásva－，都是'马'的意思。另外，古印欧人也都有马……"

我感到左臂有些抽搐，佩勒打断我，说："……还有马车。"

"什么？"

"印欧人有马和马车。"

"我们刚刚不是说过了吗。我们已经说过路（vei）和马车（vogn）了。"

佩勒不放弃，我的整个下臂都在颤抖。

他说："将马和车结合在一起的条件是，必须有一组车轮被固定在车轴上。这需要'哥伦布蛋'①，而古印欧人肯定掌握了这项技术，因

---

① 哥伦布蛋：Egg of Columbus，一颗鸡蛋状的铜块。在旋转磁场中，蛋以其长轴旋转，最终因陀螺效应而站立。

为'车轴（aksel）'是一个大部分使用印欧语言的地区都出现了的词。"他说得对。挪威语中的车轴（aksel）一词，来源于古北欧语中的oxull。例如hjulaksel（轮轴）就来源于oxl。而身体上的"轴"部，例如skulder（肩膀），则与日耳曼语中的*ahslō−，印欧语中的*aks−，还有梵文中的akṣa−，希腊语中的aksōn，拉丁语中的axis同源。另外，akse（轴）一词也有同样的来源。

没等我们继续说下去，公交车来了。希望这辆车的车轴足够结实，不会有什么加速的问题！

我将佩勒从胳膊上拿下来，将他放回了黑色的背包中。

只要他离开了我的手，就无法进行抗议了。我曾数次将他迅速地从手上拿下，就是为了让他没有机会再争执。

不过我也知道，他是个没有耐性的人，总是会迫不及待地重新回到我的手臂上。这是一种形式特殊的躁动的表现。

在他被关在衣柜里的那几年中，这种情况经常出现。每当莱顿出门之后，我就会把他拿出来，和他进行长谈。不过这样的机会太少了。他必须在莱顿把他再次锁起来之前恢复原位。

婚姻生活的最后一段日子里，莱顿曾经有一次无预兆地提前数小时回到了家里。我很不喜欢这样的情况，因为这让人感到意外，但是在那几周里，这种情况出现得越来越频繁。

我怀疑她在对我和佩勒进行调查。我怀疑她每天都会检查佩勒在衣柜里的位置，甚至精确到毫米。当她不在家里，没有人监视我们的时候，一旦佩勒离开过衣柜，她就能有证据了。我能够想象出莱顿仔细检查佩勒在衣柜中的位置的样子，为了找到任何能够抓住我的"小辫子"的借口。

有一天，我从学校回到家，看到她突然站在门口手里举着佩勒时，这种怀疑被证实了。或许她已经猜到了佩勒和我的这种秘密共生关系。我将他放到手臂上，让他畅所欲言。而她则证实了自己的猜想。因此，他必须再次回到衣柜里。这是一种妥协。我的妻子其实更希望我能把斯克林多先生扔进垃圾桶。

回到饭店后，我换下黑色的西服，穿上浅色的轻便衣服，然后走过鹅卵石街道，来到大广场上，进入斯卡菲利咖啡厅。在我提前到达维斯比的那天晚上，我曾经在这里待过一会儿。我走进了餐厅外面郁郁葱葱的花园，花园里面的杜鹃花、丁香、雏菊正在盛放，还有几棵果树尚未开花。

今天天气很好，花园里气温大约在二十五度，周围的树木和咖啡厅的白色墙壁挡住了一部分的阳光。林间一个小喷泉的流水声，也营造出了一种很舒服的感觉。

一个看上去五六岁的金发小女孩发现了喷泉，朝着外公大喊："快看！"

我在思考她的外公是哪里人。这并不困难。他将手放在小女孩的头上，摸了摸她的头发，如果我是他的话，我应该也会这么做，我觉得我能够体会到她光滑的头发滑过掌心的感觉。这是一种奇怪又奇妙的感觉，因为我从来都没有抚摸过任何一个小女孩的头发。

我走进咖啡厅，给自己点了一个奶酪火腿三明治、一份蔬菜沙拉，还有一杯红酒。餐饮很快就上桌了。第二天早上，我知道了这位为我端上食物和红酒的小姐名叫伊达。之后的几天里，我偶尔会和她说几句话。或许，她会觉得和一个能够说一口流利的瑞典语的挪威人说话是件有趣的事情吧。她告诉我，她有一个朋友在奥斯陆工作，也是在一间咖啡厅里。

我坐在这里看着周围的人，还有周围一盆盆的鲜花，以及树林间的麻雀和画眉鸟，它们会飞到花园的小路上吃撒在地上的面包屑，而且每当咖啡厅的客人吃饱喝足离开之后，它们就会立刻"投身"那些剩下的食物中。

这时，伊娃·伦丁突然走进了花园，一只手端着个茶杯，另一只手拖着个红色的拉杆箱。她穿着黑色的上衣和黑色的裙子。在如此热的天气里，这是一个很显眼的打扮。红与黑当然是一种美丽的对比，或许她应该将衣服的颜色和拉杆箱的颜色换一下。阳光照在她的脖子上，我远远地就看到了她脖子上那个蓝宝石项链。

她看到我后突然停下了脚步。或许在这里的不期而遇带给了我们两人一样的惊讶，不过很显然我已经占据了明显的优势，因为我没有站着，手里也没有端着一杯热饮。我们已经有十年没有见过面了。不过在这期间，我曾经见过很多她的家人，而她肯定也听别人提起过我，那个神秘，或许有些可疑的"化身先生"。

她的表情一下子亮了起来，我将之解读为一种重聚的快乐，至少是开心的情绪，我请她在我这一桌的空位上坐下。

她坐下的时候优雅而冷静，就像是参加一个已经约好的会面。她如今有三十多岁，快要四十岁了，能够看到岁月的痕迹。

她问："你一个人吗？"我点点头。"你呢？"她双手托着茶杯，朝前弯了一下腰，也点了点头。我突然意识到我们的对话是有双重含义的。在斯卡菲利咖啡厅的屋顶上，有两个家伙看着我们，或许它们是在看我盘子里的剩菜。伊娃指着它们说："它们都看到了。""你说它们看到了咖啡厅里所有的客人吗？"她摇摇头说："它们是福金和雾尼①。它们看到了我和你。"我笑着说："它们会向奥丁报告吗？"她点点头："他会告诉我外公，外公现在住在瓦尔豪尔。他很快就会知道我们俩在哥特兰遇见了。外公很喜欢哥特兰。他的家在这里……"

于是，我知道了当我提前一天到达这里的时候，伊娃已经在这里待了一周了。她马上就要回奥斯陆了。

她刚刚从维斯比的弗恩萨伦文化历史博物馆出来，她在这里研究关于哥特兰著名的太阳十字、神秘的奥丁图案、八条腿的斯莱普尼

---

① 福金和雾尼：北欧神话中奥丁养的两只乌鸦，福金意为"思想"，雾尼则为"记忆"。它们每天破晓就飞到人间，晚上回去跟奥丁报告，总是栖息于奥丁的肩头同他窃窃耳语，因此，奥丁又被称为"乌鸦神"。

斯①天马，还有日耳曼传奇英雄西古尔德·福纳斯班纳②的石雕的收藏。她说过去的一周里，她一直在阿尔门达尔的图书馆里阅读关于哥特兰的相关文献。她在这里找到了她认为根本就不存在的书，特别是那些为她的研究工作提供了新角度的书，虽然为数不多，但已经让她热衷于进一步发掘了。

伊娃在追随着她外公的脚步。如今，她已经是大学里宗教史的讲师了，她的博士论文研究的是奥丁的神话和宗教崇拜。我问她是不是我启发了她。她抬起头，用不可思议的目光注视着我。在这之前，她一点儿都没有想到我会问这样的问题。几秒钟后，她歪着头说："可能吧。"

今天是星期五，也是国庆日。今天早些时候，她租了一辆电动汽车，开去了法罗，她的一个表亲在那里有一幢避暑别墅。返程的路上，她路过了布鲁教堂。这时，她开始说，她去了那间我也刚刚去过的教堂。她对那里墙壁上关于伊甸园的油画很感兴趣，有很多思考；数小时以前，我曾站在那里。在教堂中还放着一口白色的棺材。伊娃为什么不提它？

我开始觉得有些头晕。她是在和我开玩笑吗？

那场葬礼上有很多人。如果伊娃也在的话，她是否会故意避开我，然后在我站在门外和送葬队伍里的人们交谈时，成功脱身去到院子里的电动汽车里呢？还是说，当我和佩勒一起坐在公交车站的蓝色椅子

---

① 斯莱普尼斯：Sleipnir，北欧神话中奥丁的坐骑。
② 西古尔德·福纳斯班纳：Sigurd Fåvnesbane，也被称为Dragonslayer（斩龙者），挪威神话中的英雄，能够听懂鸟的语言，还能够变身为狼。

上谈话的时候，她曾经开车经过？如果是这样的话，她为什么不停下载我们一程呢？难道她也像莱顿一样害怕手偶？

我曾经站在教堂里和一对姓伦丁的中年夫妇对话。难道他们当时否认自己和这位老教授的关系，是因为他们知道了我是谁？不难想象，关于我的谣言已经传播到了我们东边的兄弟中，一直传到了波罗的海的一座海岛上。我记得，当我问他们是不是伦丁教授的亲戚时，他们奇怪地互相看了一眼。

伊娃肯定去过法罗，拜见了她父亲家那边的"表亲"。难道这位表亲的名字就是"司文·贝帝尔"？

现在，她坐在我面前，告诉我关于布鲁教堂、伊甸园和堕落的事情。在我看来，她过于强调了性方面的堕落，或许这是因为我自身的原因，因为我在这上面有些失衡。但是我试着让自己不受到她的影响。我觉得我装作没有受到她的影响。

我发现，最明智的不是保持沉默，而是应该主动出击。我对她三番两次地提到布鲁教堂表示了惊讶，因为我今天上午早些时候去过那里，去参加那位著名的牧师和神学家司文-奥克·高戴尔的葬礼。或许伊娃也知道他？难道她和这位与教会有些冲突的自由主义的牧师在专业或学术上面有什么交集？

她一言不发，只是看着我的双眼，她的目光太强烈，我不得不将我的目光转移到她脖子上那串蓝宝石项链上。她也注意到了。

我别无选择。我必须继续下去。我只能接着说。我尽全力将我是如何与司文–奥克在二十世纪八十年代的斯德哥尔摩认识的故事讲了一遍。骰子已经掷出，它滚动在我们两人之间的桌子上。

我开始摊牌了。我觉得我已经将她想要的东西给她了：

我生命的某一阶段，曾与宗教有过些微联系，那就是我对"普世教会合一运动"这一观点充满热情。关于基督教的信仰和教义，无论是基督教神学、救赎论，还是末世论，在现代人的眼中都太过不理性，如果所有的宗教团体都只接受同一种圣经解读，那将是悲哀的。多样化是人性中的精髓；因此，基督教难道不应该自然而然的——在经过了两千年的时间——具有一定的多样性吗？但是，这是不去交换思想和观点，或者不能进行集体礼拜的理由吗？

这段开场白后，我刻意停顿了一下，与伊娃进行眼神交流，捕捉她对我所说内容的反应：正如一个预言家需要通过他们预言的对象发出的微小信号和反馈来进行下一步的预言那样；如若不然，就会失去方向，从而陷入完全错误的境地。但是伊娃并不合作，她只是轻轻地点了一下头，不像是对我所说的话的反应，只是表示她愿意继续听我讲下去而已。她表现得既不怀疑也不冷漠。通俗地说，她在"认真地听"。

我继续说，在乌普萨拉的那场基督教大会结束二十年后，1986年，斯德哥尔摩郊外再次举行了"普世教会合一运动"会议。我当时也参加了这场会议，但不是任何一个宗教团体或教会群体的代表，而是一个自由的观察者，用自己在高中进行宗教学科目教学的经验，来观察那次的会议。我将那一次的旅行视为一种"补给"，并且在我成年后的人生中，一直对这个位于东边的兄弟国家怀有一种"恋情"，因此，这个会议的举办地对我来说是一种额外的奖励。我在这个会议上遇见了来自哥特兰的牧师和学者，司文-奥克·高戴尔，我们俩一见如故，在报到的时候聊了起来……

她的双手依旧捧着茶杯，窝着腰，这并不是因为她的手指觉得冷。因为我们现在坐的这个地方气温逼近30度。她之所以目不转睛地看着我，我觉得是在释放善意，表明她很高兴听我说话。

她问："你刚刚说的那个会议是在哪里举办的？"我重复了一遍："斯德哥尔摩。"她的脸上好像露出了一丝笑容？她又说："在斯德哥尔摩的什么地方？我对那里很熟。"我装作需要一秒钟的思考时间才能回答的样子。然后，我说："我记得我刚刚说的是斯德哥尔摩的郊外。是在西格图纳①，是斯德哥尔摩和乌普萨拉之间的一座老城，就在马拉伦湖的一条分支，西格图纳峡湾的北端。"

她看起来很高兴，但是她笑了吗？也许笑了，也许没有笑。她说："是不是在西格图纳中学？"

我想了想，大概是吧，她确实很熟悉瑞典。我说："还有一所高等学校。那是一个大型会议，就像是一个节日，所以全城上下都在忙碌，就连街道也派上了用场。你肯定知道，这座古城曾在将近一百年的时

---

① 西格图纳：Sigtuna，瑞典现存历史最悠久的城镇。

间里一直是瑞典人文主义和普世教会合一运动的中心。"

她再次点了点头，这应该是对我关于西格图纳特征描述的一种肯定，或者是我可以讲述更多关于我是如何与那位自由主义的牧师相识的信号。而我依旧不知道她是否与他也有什么联系，或者是她其实也参加了他的葬礼。况且，她今天还穿了一身黑。

她将茶杯放下，因为茶杯已经空了，然后她坐直了身子。"你是怎么认识这位哥特兰的牧师的？你说你们俩一见如故。"我想了想，然后说："你真的想要听我讲全部的内容吗？你有时间吗？"她表示肯定地看着我，开始全神贯注地听我说话。

会议结束后，司文-奥克和我一块前往斯德哥尔摩，在路上我们得知对方当天晚上都会搭乘晚一些的飞机，分别去往奥斯陆和维斯比。我告诉他之前考虑过乘船从市政厅桥去德罗特宁霍尔姆宫①。他觉得这是一个不错的主意，打算和我一同前往。我们便一同乘坐上个世纪初建造的古老的蒸汽船前往德罗特宁霍尔姆宫。

在这趟旅行中，我们中途还去了一间很优雅的餐厅。餐厅位于水中，几乎是在一个瀑布里。我们在那里享用了一顿非常"潮湿"的午餐。这顿午餐用了大约一个小时，我们喝了几杯白葡萄酒，一瓶红酒，最后还喝了咖啡和白兰地。

我早就知道司文-奥克和教会的教义之间僵持的关系，在他所倡导的

① 德罗特宁霍尔姆宫：Drottningholms slott，又名皇后岛宫，是瑞典王室的私人宫殿。

"普世教会合一运动"背后有某种力量存在。只要分解地来看教会教义的建立，我们就会发现，在他的观点中，基督教的本质是耶稣宣扬慈善和宽恕，而不是他关于人类生命和共存的观点，这会使不同的宗教团体更容易地团结起来；他的这一观点与法利赛人①和文士②部分相左，他们是特定历史背景下的"信徒"，或多或少都有一些教条。在我们快要喝完第二杯白葡萄酒的时候，他身体前倾，说："我告诉你！在任何时候，人们都有一个闪闪发光的信仰生活。这个世界上没有一个地方，历史上也没有任何一个时期，是人类没有被灌输进鬼神、上帝、天使和恶魔的信仰的，而且人类祖先的神灵还被记录为自然的神灵。可能这都是人类自己的加工。我的意思是所有的一切，全部都是这样的'表演'。你同意吗？"

我当然同意！我很明白他的意思。我自己的童年信仰其实已经模糊了。我当时与教会之间的联系更多停留在一种社会角色的层面，而不是任何信仰的热情。我现在很喜欢与人交往，喜欢在教会学院的一个主题会议结束后喝上一杯咖啡。正如我现在和瑞典教会中的一个中心人物坐在一起，我感觉非常荣幸。

我一边说话一边观察伊娃，看她是否相信我的话。她没有再点头。

---

① 法利赛人：Pharisees，代指古犹太教的一个支派，起源于第二圣殿时期（前536年－70年）。笃守摩西律法，并遵守后来发展的口传律法，相信灵魂不死与肉身复活，注重维护犹太教的传统与犹太生活规范，盼望弥赛亚国度降临。
② 文士：《圣经》中的文士就是教法师，他们研读、解释并教导律法（成文的或口传的）。这些文士大多是法利赛派的。

她看起来就像是一片羽毛。我的故事里必须得有什么能够触动她心灵最深处的东西才行。我不停地思考着。我想象着自己是在与一位聪明的宗教史学家对话，况且她还是伦丁教授的外孙女。但我也有过一个念头，那就是她其实更喜欢和我坐在一起聊天，而不是听我的夸夸其谈。

我的说明在继续：我相信牧师，因为我自己本人是一个已经脱离了一切超自然信仰的人，不过，我还是保留我被称为基督徒的权利。

我的朋友举起手中的白葡萄酒杯。他突然说："我亲爱的兄弟，听我说！这个问题或许就在于是否可以像基督徒一样生活，并不在于是否挂在嘴上，并且宣誓信仰天启宗教①。我的意思是，所有对耶稣复活和基督升天的所有燃烧的灌木和海草一般的信仰。是的，我们俩就是活生生的见证。或许我们这样的人并不多，谁知道呢？没有人知道在教会里面有多少人是缺少勇气，或许是因为无法经济独立，才无法从'柜中'出来，公开自己异端的身份呢。"

几年前，高戴尔曾经在一次电台访问中说出了他的名言："即使基督没有复活，我也会是一名基督耶稣信仰下的牧师。"我其实应该打断他，我应该警告他，但是我没有这么做。

我们搭乘的老蒸汽船最终停靠在德罗特宁霍尔姆宫前，然后我们漫步在皇宫的一个个花园中，我们的时间充裕，两个小时后才需要回

---

① 天启宗教：即世界三大一神宗教犹太教、基督教、伊斯兰教，三者关系非常密切。

到船上，因此，我们可以进行一些问题的深入讨论。在我们返回斯德哥尔摩的路上，一瓶沙布利①"拯救"了我们，分享这瓶美酒，仿佛是在进行一项圣事，这瓶冷饮让我们又打起了精神。

我们从市政厅桥出发，一块前往阿兰达。整整一天，我们一直待在一起，直到司文-奥克不得不去内陆码头，而我需要离开这个国家才分开。

伊娃说："故事就这样结束了。"她的脸上露出一个大大的微笑。我明白这个笑容的意思，它是一个真实且温暖的笑容，但我不确定我究竟应该如何解读她的这句评语。

她看了看表，请求我替她照看一下红色拉杆箱，然后快速地走进了咖啡馆。然后，她又很快地走了回来。她离开的时间太短了，不足以用来去一趟卫生间。我知道很多女士在去卫生间的时候，上厕所的需求和在镜子前照一照的需求是同样重要的。或许她在衣帽间找到了一面镜子照了一下。不过，当她再次坐下的时候，可以看出来，她的口红和眼睫毛的妆容都没有变化，发型也没有变。

这件事让我觉得很奇怪，不过几分钟后，伊娃又走进了咖啡馆，出来时手里拿着一瓶冰镇的沙布利和两个高脚杯，放在了我们两人的桌子上。她将这瓶酒打开后，请我品了一下，我表示赞赏地点了点

---

① 沙布利：Chablis，一种法国的白葡萄酒。

头。但是，我其实对发生的这一切感到非常惊讶。我想起了参加她外公的追悼会时喝的那几杯白兰地。那一次，我也被震惊了。

伊娃端起酒杯，注视着我的双眼。她说："干杯！"我们俩碰了一下杯。我觉得，要是她真的很讨厌我，她就不需要现在点上一瓶白葡萄酒，并且这么开心的干杯。接着，她又问了我一些关于历史评论方面的问题。其中一个是关于当地的知识。例如，我们为什么会去斯德哥尔摩？我们为什么不干脆就待在西格图纳，在马拉伦湖上乘船观光，然后再去机场？因为其实机场离西格图纳非常近。

这个问题其实很好回答。不过，她也深深地叹了一口气。从学术专业的角度出发，她确实有些担心自己无法确认我是否真的在西格图纳参加了那个动用了整座城市的"普世教会合一运动"的会议。她已经相信了我所说的，因此，她现在非常害怕自己已经开始失忆了，因为上一次我们俩见面时，就发生过很多次她记忆短路的情况。

"我肯定听说过那次会议。"她放下手臂说，"但是我已经忘记了！"

她是在演戏！我很清楚，其实对于我说的这个故事，她一秒钟都不曾相信过。在她外公或姑姑的追悼会上也是，她一点儿都不相信我。我能够让几乎所有人都相信我——除了一个人之外。我从她的眼神中读出了这一点，虽然她这一次表现出了很高兴的样子。或许是因为：她非常喜欢听我讲述神话故事，因为她自己不是什么神话学家？

直到我们俩"分道扬镳"，我也不知道她那一天是否去过布鲁教堂参加了那一场葬礼，也不知道她从法罗返程的路上是否经过我和佩勒等待公交车的那个车站。

但是，我们两人现在都没有兴趣再继续深究这些问题了。它们并不重要。我们没有必要在过去发生的故事的细节上过度纠缠。

更值得我们谈论的，是之前我作为年轻的学生和伦丁老教授一起讨论《瓦洛斯帕》最新版本中一行诗词的故事，那句话是："现在，她将要开始吸血了。"

伊娃笑了出来，因为她一点儿都不相信我说的话，但是她非常赞赏我这种"装模作样"的能力。她知道我其实是个笨蛋，但她还是对着我笑了出来，仿佛我刚刚讲的故事是真的一样。

我也笑了出来。现在，我不能为了说服伊娃而破坏这里的好气氛。无论我的信誉是否还在。如果我非要那么做，我们还怎么放松地坐在这个花园里呢？

几杯白葡萄酒下肚之后，我心中有了一个想要得到答案的问题。

我提到了厄斯特海姆的那场追悼会，那次我们谈了圣诗《史基尼尔之歌》①，还有一些关于性方面的话题。她表现得好像不知道我在说什么的样子，我知道她是装出来的——但是我做了一件佩勒会做的事情。我用一个极为"直接"的问题让她愣住了。

我问："你最近有没有经历过特别厉害的高潮？"我不经意地看着她的双眼，然后补充说，"我指的是在宇宙的维度中。"

① 《史基尼尔之歌》：北欧口头文学作品《埃达》中的诗篇，通过吟唱的歌谣流传至今，该部分为神话诗。

她一言不发地坐了几秒钟，注视着我。我知道她肯定是为我如此率性的问题而感到震惊。但是她的"面具"保持得很好。

她的脸上有一道阴影。她说："你认为呢？你为什么认为我会在安德丽娜姑姑的追悼会上谈论这件事？"

我没有回答。她接着说："你自己肯定清楚，一切都是你编造出来的……"

"我清楚？"

"哈哈！"她笑出了声，"在那场追悼会上，你是最无耻的人。我本来想要视而不见的，但是我还是做不到。难道你保存着那些出租车的发票吗？"

我笑了。然后，我们都笑了。

在伊娃去阿兰达机场前，我们喝完了一整瓶葡萄酒。她离开时，起身弯腰拥抱了我一下。这很好。她说："雅各布，再见到你很高兴。特别是你说你和特鲁尔斯的表弟相处得很好。"阿格尼丝，她就是这么说的。然后，她拉着她的红色箱子快速离开了这座田园诗一般的花园。她还听人说起过关于佩勒的事情，这让我感到很意外。我坐在那里，静静地看着周围。

我在想，"伊娃（Ylva）"这个名字很适合她，它来源于"母狼（ulvinne）"这个词，它的北欧语词源是 ulfr（狼），日耳曼语中有*wul-fa−，在德语和英语中都是 wolf，追溯至印欧语，则是*wlkʷo−，在俄语中是 volk，梵语中是 vrkas，希腊语中是 lúkos，拉丁语中是 lupus。

我现在感到有些空虚，就像佩勒一样。我忍不住地想起了那个红色的拉杆箱，红色在日耳曼语中的词根是 *rauda，在德语中是 rot，在英语中是 red，在印欧语中是*reudh−，在俄语中是 rúdyi，在梵语中是 rudhirá−，在希腊语中是 eruthrós，在拉丁语中是 ruber，还有外来词 rubin……

是的！在斯维勒的一只耳朵上戴着一个红宝石！我曾在几十年前看到过。

看看吧！我已经解开了一个小谜团。事情开始水落石出了。

他们是不是分开了？

2013年7月　罗弗敦群岛

乔恩-乔恩

　　我从维斯比回到家里的时候，还有几周就要开学了。

　　我之前决定利用假期的头几天重新审视一下我所写出来的内容。只有这样，我才能判断出自己是否敢把写出来的内容寄给你。是否要阅读这些内容，完全取决于你，是否要再次见到我，也完全取决于你。

　　我这个人有很多毛病，大家都可以挑我的刺儿。你们可以说我有很多不足，但是我有一个绝不会"不足"的地方，那就是我的自尊心。我知道自己是个有些不太寻常的人，有的人甚至会说我是个怪异的人。在格蕾特·西西莉的追悼会上，你没有送我到门口，或者至少和我道一下别，这都让我无法理解。从阿伦达尔回家的路上，你选择坐我的车，虽然你当时确实也是身无分文，没有钱再买一张飞机票，但是我认为你是"选择"和我一起坐了几个小时的车，而且这让你比预计的回家时间晚了好几个小时。

　　在司文-奥克·高戴尔的葬礼上，我的注意力一直在另外一边。我在仔细地观察我之前讲述过的那些送葬人员：有埃里克·伦丁的后人出现在了当场，好像除了在阿伦达尔举办的安德雷亚斯的葬礼之外，其他的活动你都在场。如果伊娃当时真的也在布鲁教堂里，那这件事就变得没有任何意义了。我后来和她的不期而遇，让我有机会把我对司文–奥克的记忆传递给了她。在我参加的一系列葬礼中，我还曾与一对伦丁家的夫妇对话。从以上描写来看，我的整个故事的线索确实非常松散，可能我自己都说不清楚。

在我的故事中，我没有提到关于我参加的其他的葬礼的内容，其中包括我那逃亡到了东方去的一个兄弟，还有今年春天我在瑞典瓦尔木兰郡的孙讷和布胡斯省的菲亚巴卡旅行时的一些经历。你现在所读到的内容，完全像是买彩票的人等待到的结果，是"随机赢取"到的。

我的故事结尾应该算是圆满的。我觉得在这个"小型家庭纪事"的故事里，让身穿黑衣的伊娃·伦丁拖着她的红色拉杆箱，冲出斯卡菲利咖啡馆餐厅外面的花园是一个很不错的完结。这个场景也很像是一部电影的最后一幕。我现在已经可以在脑海中看到电影的片尾字幕，听到优美的电影配乐了。当然，画面的最后或许会是一张我的照片，我会坐在黑色的码头上，身边是一瓶空了的白葡萄酒瓶。不过，一切都有待导演来决定。

后来，一些事情的发生让我的故事不得不发生了变化。

学校刚刚放假，我就看到了乔恩的讣告，他是我人生中最失意的时候遇到的一个朋友，而现在他却去世了。当时，我正坐在厨房的餐桌旁，我深深地鞠了一躬。不过，我当时要是得知他还活着，应该会比得知他去世的消息更加震惊。

很多人都以为他在几十年前就去世了，我们最后一次知道他还活着的消息是在二十世纪七十年代。

在我看来，那个时代所发生的一切仿佛就在昨天，还清晰地留存在我的记忆中。那时的玛丽安娜和斯维勒，并不是今天这样年过半百的中年人，而是一对花儿一般的青葱少年。

当时，我们谁都不用姓氏，我们只用名字。玛丽安娜就是"玛丽安"，因此，我不知道她就是那个大名鼎鼎的教授的女儿；斯维勒就是来自南方的"斯维勒"；乔纳斯·斯克洛瓦也不是现在已经去世了的"乔恩"。当时我自称为"佩勒"，乔恩曾经和真的佩勒打过招呼，愉快地聊过天。当时佩勒自称为"雅各布"，而那才是我自己的名字。

乔纳斯·"乔恩"·斯克洛瓦的讣告上写着，他是因病离世的。病痛和处方药剂带走了这位传奇人物。

我决定前往罗弗敦群岛去参加他的葬礼。我是在《晚邮报》上看到他的讣告的，他的后人在一份首都发行的报纸上刊登这则消息，可能是考虑到了他那些结识于二十世纪六七十年代的朋友。或许乔恩的葬礼上，玛丽安和斯维勒也会不期而至。也或许他们中的一人看到后，会选择不向对方提起此事呢？

这时，我还意识到一件事情：如果他们真的会去参加乔恩的葬礼，伊娃就肯定不会去。是的，伊娃一定不会出现，因为她从来都没有见过乔恩。她和他之间没有任何关系。我为什么突然有这样的想法？我自己也没想通。有的时候，会有一些想法零零碎碎地出现在我心里，而且不会一下子就消失不见。能够再次有机会见到玛丽安和斯维勒对我来说充满了吸引力。虽然他们再次见到我的时候不一定会意识到我就是佩勒，而且他们肯定不会想到我也会去那里，参加乔恩的葬礼。在我们之前共处的那段岁月里，我只是"佩勒"而已，不是什么别的人。参加葬礼对我来说已非什么趣事。我只是看到了一个能够提高我在伦丁家族声誉的可能性。不过，这也只是我自己的一个美妙幻想而已。

现在，我坐在另一家饭店的房间里写作。我已在昨天搭乘一早的航班抵达了博德，然后换乘海达路德轮船，于晚上九点多来到了斯沃尔瓦尔。

现在，我来继续讲述乔恩的葬礼。不过，我要先写一个小插曲。你曾要求我尽可能真诚地写作，因此，我就不得不偶尔多说一些内容。

我不是一个喜欢坐飞机的人，或许正因如此，我在奥斯陆机场登机前就多喝了几杯白葡萄酒。在飞机上，我的座位与一个女人相邻，她看上去在三十五到四十岁之间。我们除了相互点头致意，简单地说了一句"你好"，然后在放报纸和行李的过程中稀疏地对答了几句之外，整个飞行过程中就再也没有什么对话了。不过，因为喝了几杯白葡萄酒的关系，我大部分时间都处在一种很幸福的睡意里，几乎一直闭着眼睛。

我坐在她左边靠窗的位置上，扣安全带时，她的手碰到了我的胳膊。我们俩都穿着短袖的上衣，我穿着一件黑色的T恤衫，而她则穿着一条花裙子，领口的几粒扣子没有扣上。那一刻，我感觉到：刚刚发生的短暂的肌肤与肌肤的直接碰触，令我身体中充满了一种幸福与快乐的电流。在接下来飞往博德的航行中，我一直在隐隐期盼着刚刚的那种意外碰触能够再次上演。我知道，一定是那几杯酒扰乱了我的神经，让我变得如此心神不宁，才使得那位女人的触碰对我产生了这么大的影响。我确信，她和我的接触并不是什么意外，因为在她碰到我的胳膊后，并没有如同遭受电击般立刻甩开手，而是停留了三四秒钟，然后慢慢地把手收了回去。这给我留下了很深刻的印象。当然，我当时并没有睁开眼睛看她。我在假装睡觉。

我并不是想把她的这种无意的接近解读为任何带有情色意味的暗示，因为这也不是我当时的所思所想，真的不是。是的，我只是一个坐在那里等待了一个多小时的，希望她能够再次触碰的温柔的男人，这是一种人性中充满了善意而温暖的关心。因为这个世界上不只存在着仇恨与邪恶，还有许多的温暖与友善。那位年轻的女人说着一口明显的北方方言，这让我意识到，北方人更喜欢与别人交往。同北方人相比，我们这些人则以"冷漠"和"保守"著称。我当时肯定是受了大白天就喝酒的影响，之后一直坐在那里怀抱着她会再次将手放在我的胳膊上的期待，并且希望如果有第二次，她能够多停留一会儿，待上一分钟。

我不知道为什么对你讲这件事。但是我内心认为，这件事也是我的这个故事的一部分。我并不是一个热衷于身体接触的人。我从来都不会触碰我的学生，他们也从来不会触碰我，虽然我身边教师与学生的这种接触并不少见。

在我和莱顿短暂婚姻的最后一个阶段，我们之间已无身体接触。我们还睡在一张床上，因为我们家里只有一张床，但是我们都只待在自己的那一边，从不越界，除了偶尔会因为睡着了或者翻身而无意间碰到对方，但也会立刻重新调整好睡姿，绝不会影响到彼此，绝不会吵醒对方。

我现在坐在斯沃尔瓦尔的这个饭店房间里继续我的讲述。玛丽安和斯维勒也来到罗弗敦群岛了。如果这里不出现伦丁家族的什么人的话，这个故事的结局就毫无意义，我也不会将它写给你看。

那是2013年7月1日，星期一，我当时刚刚从沃冈教堂乔恩的葬礼上回来。也有人将沃冈教堂称为"罗弗敦大教堂"，这个名字的由来是因为这座超过一百年历史的木质教堂是挪威全国最大的120个教堂之一。每年1月至4月的鳕鱼捕捞节期间，会有大批渔民和人群聚集在这里，因此，这里需要一个可以容纳下很多人、举办大型礼拜的教堂。

在北方，这里的夜晚是温暖的。我所住的这个酒店房间是一个完整的套房，有一个很宽敞的阳台，站在上面可以眺望西边和北边的群山，还能看到外面广场上的风光。但是，在阳台上坐久了就会觉得很热，那里的阳光太强，照在我的电脑屏幕上让我看不清上面的字。

1967年的夏天，披头士发表了那首著名的《爱之夏季》①，而那时的乔恩身在挪威首都，那里是嬉皮士文化的中心，当时他只有十七岁。几年后我再次见到他时，他已经俨然是嬉皮士文化中的一个神话般的人物，一个"邪教代表"。而当时的我则是一个来自奥尔的乡村青年，我的家乡与旧金山海特–阿什伯理区②有着十万八千里的距离，只不过勉强给自己找了一些有意思的东西，才作为一个嬉皮士进入了尼瑟山③。

那时，我一直有一种"局外人"的感觉，这与我位于哈灵达尔的老家无关，我并不是土到不能理解他们的文化，只是被他们排斥在外。但当我进入皇宫公园的时候，我就有了一种融入感。

那是我第一次拥有了一种积极的归属感。乔恩不知道我的成长背景，也不知道我的家庭情况，他从来不问我这些问题。不过，如果他要是知道了我的这些情况的话，我想他一定会将之视为我的加分项。在皇宫花园里有大批不和父母住在一起的人，他们中的很多人都是离家出走的，和家里断了关系。那时，我也不了解乔恩的任何背景，只知道他操着一口北方方言。

虽然嬉皮士运动还是比较具有包容性的，但是其中还是会有特殊的"潜规则"与"暗号"。例如，作为一个嬉皮士，你要是不认识"乔

---

① 《爱之夏季》："迷幻摇滚"的巅峰之作。
② 海特–阿什伯理：Haight-Ashbury，二十世纪六十年代嬉皮士的发源地。
③ 尼瑟山：Nisseberget，挪威语直译为"妖精山"或"鬼山"，位于挪威奥斯陆，当时的嬉皮士聚集地。

恩"，或者没有听过他的大名，那你基本就可以被划为"智障"了。我当时很幸运地在每次的"仪式"中都可以坐在他身边，就像是佛祖周围的莲花花瓣一般，这无疑对我投身为嬉皮士的那短短几个月的声望起到重要的提升作用。

二十世纪七十年代初的那场嬉皮士运动其实很像是一个大型的家族活动。那里有各种各样的氏族，而这也正是我在那个时间点最为需要的：一处停泊的港湾。我只需要在那个环境里适应一件事：聆听不同的声音。在皇宫花园里没有任何的审查制度或是主导意见，各种思想百花齐放。要不是因为我们都待在一个露天的环境里，我敢说，这里的各种声音能把任何房子的屋顶给掀翻了。在这里，人们都放下警惕，不会拒绝各种类型的"实践"，无论是水烟还是大麻。

后来，我开始学习挪威文学，每当阅读到《培尔·金特》中《山魔王的宫殿》这一章时，都会让我联想到尼瑟山。这座位于皇宫花园下的山与《培尔·金特》中的山魔王的宫殿似乎有一种颇具讽刺意味的平行关系。两者当然有区别，首先，山魔王的宫殿完全是想象出来的一个地方，而且充满了迷幻色彩；而尼瑟山则是真实存在于我们的感官世界中的一个地方，而且曾有众多的嬉皮士在那里聚留。

我不再参与嬉皮士运动后的数年间，每当我路过尼瑟山，看到它的时候，都会像培尔·金特一样，想到自己曾经是那山上的"众鬼之一"。随着时间的推移，我越来越意识到嬉皮士思想的局限性。但他们还是坐在同一片草地上。然后，真正的大人物出现了。

玛丽安·伦丁最初是以乔恩女朋友的身份被介绍给我们的。1967年夏末，她已经和乔恩站到了统一战线上，那时她也只有十七岁。他们两人身穿的旗帜性的长袍上面印着后来传遍了整个奥斯陆的《爱之夏季》，而他们俩的合照还曾数次被印在一些报纸和其他印刷物上，作为挪威嬉皮士运动的代表性人物，成为了一时的偶像。

　　这里是一个大家族。所有人都是朋友，但没有所谓"最好的朋友"或"死党"。我当时从未听到这样的词语在我们之间使用过。不过，除了玛丽安之外，乔恩还有一个，也是他唯一的一个非常亲密的朋友，就像他的门徒一样，他就是斯维勒。

　　斯维勒和乔恩一样，都是离家出走的逆反青年。斯维勒的家在南方，乔恩的家在罗弗敦群岛。他们在同一天来到奥斯陆，相遇在奥斯陆东边的火车站，并一见如故，之后就成为我们今天说的挚友。而他们成为朋友的几周后，乔恩就遇见了玛丽安，并立刻在一起了。乔恩从未告诉过我他是在哪里遇见玛丽安的。或许他俩是在皇宫公园遇见的，几个小时后，乔恩把玛丽安带到了某一个街角处，而那个时间点并不是我们一般谈话的时间。乔恩和玛丽安的关系并没有影响到他和斯维勒的关系。他们三个人常常凑在一起。斯维勒、玛丽安和乔恩就像是一片三叶草，仿佛是一个神圣的三人小组，他们"三位一体"。四年后，当我从哈灵达尔的老家奥尔来到奥斯陆大学学习时，第一次见到了这个三人组。

　　几个月之后，当我终于融入这个环境，成为他们之中的一分子时，玛丽安转而投入了斯维勒的怀抱。这种相互变换交错的爱情关系并不是什么罕见的事情，而且我对这种行为也没有任何意识形态上的批判或反对。不过，后来玛丽安再也没有回到乔恩的身边。从此以后，乔恩就变成了一匹孤独的狼，他脱离了这场嬉皮士运动。嫉妒、仇恨和情伤与"花儿"们简单的头脑"不兼容"。我自己现在也是一名"叛徒"。因为玛丽安和斯维勒扎在乔恩心头的那一剑太深，所以他痛了很久。

乔恩和玛丽安刚分手后的那段时间里，我曾经见过他几次。当时，他已经开始了在奥斯陆大学的学习，不过他应该没有参加任何考试，只是作为一个自由的学生在不同的学院间来回听课，就像是一个自由人。有一次，他给了我一本葛吉夫①所写的《与奇人相遇》。后来，他又给过我一本杰罗姆·大卫·塞林格的《麦田里的守望者》。

乔恩曾经来过一次我当时住的学生宿舍，那也是他唯一的一次来访。我已经想不起来他来看我的原因了。但是，就在那一次的来访中，他见到了佩勒。因此，我永远都不会忘记这件事。

当时，我们刚走进宿舍里，我感到自己的左臂有些痒痒，因为佩勒很想和乔恩打招呼。于是，我把他从窗户旁拿起来，放到手臂上，让他变成他惯常的样子。然后，他就开始了自我介绍，说自己名叫"雅各布"，因为我当时已经使用了"佩勒"这个名字。

---

① 葛吉夫：George Ivanovitch Gurdjieff（1866-1949），二十世纪初在欧美很有影响力的神秘主义者、哲学家、心灵导师和作曲家。他的主要理论为：大部分人都没有统一的意识，因此，他们的生活处于催眠中的"醒着"状态，但人们有可能通过一些途径超越意识，达到更高的境界，开发出人类的全部潜能。

他说："我是雅各布。你是谁？"

或许是因为乔恩早已知晓了，我和他是一样孤独的人，当然，这只是我单方面的想法，佩勒一开口，就成功地在乔恩心中点燃了一根蜡烛，照亮了他。乔恩一下子就进入了角色。我记得他们当时聊了有一个多小时，而且在我觉得他们已经聊得差不多的时候，他们还不想停下来。我本来以为他们至少会让我也加入他们的对谈中，但是佩勒和乔恩都丝毫没有这个意思，他们陷入了热聊。这让我感到有些不快。不客气地说，我觉得这有些过分。

对我而言，乔恩的来访是一件有些令人兴奋的事情，我们当时还准备了一瓶烈酒打算一块喝，但是佩勒将乔恩的全部注意力都吸引过去了。最后，我用闪电般的速度将他从手臂上甩了下去，掉在地上的佩勒看上去就像是一只软兮兮的牡蛎一样愚蠢。我的行为把乔恩逗得哈哈大笑。所幸他没有要求我再把佩勒重新放回手臂上。然后，我们俩开始喝酒。

虽然我不能完全确定，但那应该就是我最后一次见到乔恩。

玛丽安和斯维勒最后一次见到乔恩，是在一个热闹的闰年狂欢节上，因为当时快到1976年2月29日了。地点在霍尔门考伦山福尔摩斯路上一幢很大的别墅里。更确切地说，这也是人们最后一次见到这位传奇的"嬉皮士大师"——三十七年后，我在他的葬礼上听说他后来变成了渔民，一直生活在罗弗敦群岛上的一个小渔村里，也做一些其他杂七杂八的事。

虽然我没有参加过那一次的闰年狂欢节，因为我根本就没有得到邀请。但我后来遇到了参加过的人，听到了关于当时发生的事情的很多详细内容，当然免不了猜测和八卦。

乔恩身穿一件带有银色纽扣的蓝色外套，一条白色的棉布裤子到达了狂欢节的会场。我觉得他的着装和佩勒很像。在后来的日子里，我听到了很多关于那天他的着装的细节描述，我知道这都是一些恭维的话，但还是遗憾自己不在现场，没能亲眼看到。我想象着乔恩打扮得像佩勒一样前往狂欢节，他那时可能以为我也会参加。我们俩都已退出了嬉皮士运动，不过这些后来发生在不同的山上的活动要比之前在皇宫花园里更加开放，因为当时嬉皮士的派对和单纯的社交活动之间的区别已经变得不太明显了。

那时，斯维勒和乔恩从不参加同一个活动。这是大家之间心照不宣的规则。斯维勒绝不会让玛丽安离开自己的视线，这样她也就绝不会和自己的老情人相见。

但是，乔恩意外地参加了那一次的狂欢节。据说，他是因为有件事要办才会去的。

那年的狂欢节非常盛大，那幢面积达到五百平方米的别墅全部投入使用，包括了所有卧室。别墅的女主人名叫朱莉娅，只有十九岁，她的父母当时去了佛罗里达州度假，所以她可以全权使用这幢房子。

乔恩是一个魅力十足的人，他的性格具有磁铁一般的吸引力。人们总会在聚会上发现他的身影。这一次，当他到来后，立刻就有人过来关心他——因为大家都不确定他和斯维勒之间是否会发生冲突——很明显，他已经有好几个小时不见踪影了。因此，大家开始找他。最后，斯维勒在一间宽敞的书房里的巨大桃花心木书桌下面的地板上找到了他。而找到他时，他的头和肩膀包裹在玛丽安的红色雪纺围巾里。

警钟被触发了。他刚刚在这里做什么？玛丽安在哪儿？

斯维勒抓住乔恩，但是他马上意识到，桌子下面的只是他的外套和裤子，里面被填充进了杂物和其他的衣服，这些东西后来被证实都是从地下室的酒窖里拿上来的。

当天晚上，玛丽安只在活动中很短暂地出现了一会儿。她也没有在任何一间卧室里休息。当她再次出现在客厅里的时候，一脸睡眼惺忪的样子。

她去了哪儿？她做了什么？她的双颊泛红，有些热，但看上去并没有睡过觉。

乔恩出现过的那次狂欢节后，出现了很多种说法。逃离一个聚会这件事确实是典型的乔恩做法，这甚至可以被看成是一种行为艺术。但是，他去了哪儿？他难道穿着内衣就离开了？他穿成这样在大冬天的夜里跑出去，是要冻死自己吗？难道人们会在来年的春天，待冰雪融化后，在奥斯陆北森林里面发现他？还是说其实他当时穿着另外一套不同的衣服，也躲在那个书桌下？虽然他是空着手来的，但其实他在某一个衣柜里发现了另外一套服装？那天晚上早些时候，曾经有人看到一个穿着军装的人出现了几秒钟，准确地说，是一个部队里的士兵。但是这个不知名的客人后来也突然消失了，而且没有任何一个参加狂欢节活动的人声言要穿军装。

那天之后的日子里，人们在不停地追问：乔恩去哪儿了？他离开这个国家了吗？他现在住在哪儿？是在澳大利亚还是阿根廷？一时间各种言论四起。甚至不排除他被人谋杀了。但是，谁会有做这种事的动机呢？

狂欢节后的第二天一早，警察就来到了活动现场，没人知道是谁报的警。肯定不是朱莉娅，她绝对不会这么做，因为警察会把她在自家别墅举办闰年狂欢节的事情告诉她的父母。这栋别墅不能说会丝毫不受到影响。

之后的那一整天，酒窖被法医封锁了起来。但还是找不到乔恩的踪迹，因此，警方最后得出结论，说这是一次逃离事件，是乔恩自己离开的。

从此以后，再也没有人见过乔恩或是听说过关于他的消息，而再次听到他的名字时，则是他的死讯。

三十七年后的今天，《晚邮报》上刊登出了乔恩的讣告。看到它时，我的嘴里正含着一口咖啡。

乔恩在参加过那次的闰年狂欢节之后回到自己的家乡，罗弗敦群岛。之后，他便一直过着渔民的生活。他和首都再无瓜葛。我在他的葬礼上得知：他在斯克洛瓦的家里，人们从未使用过洗礼名之外的任何名字称呼他，只叫他齐纳斯。

整件事的外表下，是一个爱情悲剧。那一年，玛丽安怀孕了，我在和之前的嬉皮士老友们联系时听说了这个消息。那时，我是一名充满了希望的大学毕业生。玛丽安后来生了一个女孩儿，但我也从未多想什么，直到看到乔恩的讣告，我突然意识到：玛丽安就是在那一次之后怀上的这个女孩儿。有时，我们的生活会变成一个圆圈。那些被遗忘和被遗失的线索会在多年之后重新回到生活网里。

之后，玛丽安和斯维勒再也没有要孩子。

*　　　　　　*　　　　　　*

我从斯沃尔瓦尔出发，走了半公里的路程，来到了罗弗敦大教堂。我走的是一条有自行车道和行车道的普通欧洲道路。我本可以打一辆车，但是我需要走一走，有时间来整理收集在我生命中这一段短暂的时代中乔恩所代表的内容。今天天气很热，但不至于让人感到不适，天气还是很好的。

对于马上就要见到玛丽安和斯维勒，我感到非常兴奋。前天晚上和昨天上午我都没有见到他们。他们确实有可能搭乘飞机从奥斯陆经过博德来斯沃尔瓦尔进行"一日游"。因此，我一路上紧紧地盯着来往的车辆，但它们都开得太快了，我根本看不清车里乘客的样貌。

经过一个小山坡的时候，我看到一个和我一样穿着一身黑的人，走在我正前方大约五百米处。走了一会儿后，我又前后张望了一下，发现一个一身黑的男人出现在我身后大约五百米处。这意味着从我离开教堂之后，这个男人就一直跟在我身后，如果在我前面的那个人转身回头，他就会看到我走在他身后。

不知道为什么，走在这条通往举办乔恩葬礼的罗弗敦大教堂的路上的三个黑衣男人，让我感到一种深深的悲伤。这种悲伤感已经多次侵袭了我。此时此地，这场景让我想起了勒内·马格里特①的画布，此情此景完全可以出现在他的作品中——这是一种无边的绝望。在我的内心深处，我很害怕，很怕自己会崩溃。

我在想：我知道我必须走出去。我现在已经在路上了。我要离开这个世界。我要离开这个时间。我要离开整个宇宙。

如果一个人过着文明的生活，他就会一天照很多次镜子，虽然有的人每周只会看一次自己的脸，或者是每个月一次。而作为一名嬉皮士，是不应该这么关注脸部的变化的。有那么几次，我会突然穿过一面镜子，这是因为它其实只是一束光波，这让我意识到，我已经是个超过六十岁的人了。

而我越接近生命的终结，就越感到震惊，因为我越来越感到人类世界就是一个奇迹。

①　勒内·马格里特：René François Ghislain Magritte，1898-1967，比利时画家，宗法超现实主义画风，常以海和天空为题材。代表作有《风云将变》《比利牛斯山上城堡》。

但矛盾的是：或许因为我正走在去往教堂的路上，我才会对宗教信仰感到有些无所适从。

我觉得很困惑。觉得自己没有获得解脱。

我进入罗弗敦大教堂时，钟声正在响起，距离仪式正式开始还有几分钟。教堂里面坐了很多人。教堂很大，所以大部分人都坐在讲坛前中间过道的左边。前面的演讲台上有一个放满了蓝色和黄色花的棺材。

我看到玛丽安娜和斯维勒坐在右边的一张条椅上。这不是我第一次看到这对夫妻在葬礼上拥抱。

我心里在想，可怜的乔恩，可怜的我们。我经过玛丽安娜和斯维勒时，他们看到了我，然后站起身和我拥抱了一下。他们叫我"佩勒"。在埃里克·伦丁的葬礼上，我确信他们已经认出了我，这已经在安德丽娜的葬礼上得到了证实。但是经过了这么多年时间，他们的年龄和样貌发生了很大的变化，我花了不少时间才重新认出他们。

我之后很快意识到，对乔恩来说，这是一种简单的纪念仪式。他的葬礼是这座教堂能够举办的最简单的仪式。我的个人印象是，牧师会比大部分的主教在葬礼活动上花费更长的时间，而教会也同意。

听了牧师的悼词后，我坐在那里就鳕鱼思考了几秒钟。

鳕鱼业是乔恩生活的重要组成部分，但他可能从来都没有思考过，"鳕鱼"这个词本身可以一直追溯至印欧语中的 *ters-这一词根，它是

"晒干"的意思。"鳕鱼（torsken）"这个词来源于古北欧语中的þor-skr，在远古时期它和"鱼干"是一个意思，还和日耳曼语中的tørst（口渴）、英语中的thirst、德语中的Durst这些词语具有亲缘关系。它还和梵语中的trishna有关，例如佛教中的"生命渴望"，虽然它的词根来源于"苦谛（duhkha）"或"痛苦"。痛苦会使生命的渴望消失。而它也是人类停止愚昧，产生生命渴望的先决条件。每当它发生的时候，生命之火就会熄灭，这就是生命渴望的"灭绝"。

罗弗敦群岛的乔恩就像是贝那拉斯的佛陀，他们在奥斯陆的皇宫花园和斯克洛瓦的家乡相互交织。我本希望他们曾真的相遇过，他们一定会有很多话可说。

虽然纪念仪式很简单，但之后发生的事让我感到触动极大。乔恩的棺材由六名黑衣人从教堂中抬出。教堂外停着一辆灵车，它之后开始沿着陡峭的教堂山坡慢慢驶去，后面跟着一大队人。这辆黑色的灵车开在欧洲公路上，然后缓缓地开进了一片广阔的墓地。灵车后面跟着长长的一队哀悼的人。我必须要说：他们很奇怪，并且都是一身黑。

玛丽安娜、斯维勒和我很自然地站在一起。现在我们成了"三人组"。

据我所知，我们三个是这群人中唯一的嬉皮士。当一个人过了六十岁之后，一切就变得不是很容易确认。斯维勒戴着一个红色的耳钉，这是唯一可以将我们带回到那个五光十色的二十世纪七十年代的东西。

下葬之后，牧师拿出一个笔记本，阅读了乔恩亲笔书写的遗言。因此，我记住了这段来自乔恩的最后的问候：

感谢大家能够陪伴我重回大自然。你们把我放进了这个奇怪的"首饰盒"，我已经在外面尝够了这世间的滋味，现在是我该回去好好休息的时间了。

我是一个生活在"城堡中"的人。我一直将自己的存在视为一笔贷款，等时间到了就需要用面值等额的东西去偿还。

但是，我们每个人都是一样的破产者。无论我们在生活中做什么，都永远无法摆脱如阴影一般笼罩着我们的债务。

葬礼之后，并未举办任何追悼会。而在那样的场合里，常常需要说很多话，虽然这与我的性格相左。

或许你们中有些人还记得，我之前曾经提到关于其他世界的一些故事，特别是关于灵魂的存在和移动。我在罗弗敦群岛重新找回了这种妄想的解毒剂。我终于清醒过来了。我不再相信有其他世界的存在和来生。因此，今天就别让我说那些夸张的"希望"了。就让我沉默而有尊严地生活吧。

请微笑！别担心！

世界是和平的！大家无需多言。

结束。

很多人开始哭泣。玛丽安娜已经崩溃了，有那么一瞬间，我仿佛在她身上看到了曾经的那个年轻的姑娘。我注意到斯维勒的面部肌肉有些僵硬。

他们已经预订了一辆出租车。或许他们早就知道之后并没有追悼会。或许他们其实也愿意参加的。

我跟着他们一块回到了斯沃尔瓦尔。我们聊了聊过去的一些事情。虽然我们都没有提到乔恩，但我还是请他们替我问候伊娃。我表现得很自然，因为我们几周前才在哥特兰见过面。

当我提出这一请求时，玛丽安娜看起来有些奇怪，斯维勒则面无表情。

然后，我很快回到饭店，坐在这里继续给你写信。

    *   *   *

现在，我已经休息了很长一段时间。我在市中心沿着码头和狭窄的街道走了好几圈。然后，我坐在饭店的户外餐厅，享用了配有芦笋、蛋黄酱和柠檬的新鲜大虾。我一边吃，一边看着广场上热闹的民俗生活景象。白色的海鸥在黑色的码头上漫步。

一艘开往南方的海达路德轮船于晚上六点半至八点半之间抵达了斯沃尔瓦尔。于是，在几个小时内，城市里人行道上的人数就翻了一倍。之后，这艘船将会开往斯坦森德和博德。晚上九点的时候，又一艘开往北方的海达路德轮船抵达这里，新的游客再次涌上街头。

我坐在餐厅里，享受着人来人往的景象。很快，这座城市就被短期观光客占领了。晚上22点的时候，斯沃尔瓦尔恢复了平静，因为那艘海达路德轮船离开码头继续向北去了山妖峡湾和斯德克马克内斯。广场上的商店都关门了。但是这里的夜晚仍是阳光明媚，太阳仍高高地挂在天空。今夜，斯沃尔瓦尔的太阳将不会落下。

我坐在阳台上。太阳在西北方，依旧散发着它的光芒和热量，让人有些无法忍受。我倒了一杯威士忌，坐在那里回想着二十世纪七十年代。我试图想起一些我已经忘记了的事。但是我的想法这几年一直在变化。我想到了西西莉，也想到了你。在我眼里，特鲁尔斯依旧是那个倒栽葱落入井里的小孩儿。

永远的老男孩乔恩不会再活过来了。在他生命结束之后，他曾经的女朋友和最好的朋友都来看了他。我想到了伊娃、码头、胡金、穆尼，还有伦丁教授，他正坐在那里和他的同事讨论关于奥丁、地球上的人类生活和善恶力量平衡、统治者和知识分子之间的问题。

马上就要到午夜了。虽然两艘海达路德轮船都已经走了，罗弗敦城的生活依然继续着，它正沐浴在金色的阳光中。阳光是温暖的。哥特兰岛上正在经历热浪的袭击。这里也有午夜太阳。广场上的人几乎都穿着衬衫和短裤。我看到几个衣着怪异的人，他们就像是剧院里的角色一样。仿佛有什么事情马上就要发生。

我突然产生了一种冲动，再次回到了广场上。而当我再次站在那里时，好像变成了我刚刚看到的怪异者中的一员。

我听到轮船汽笛的鸣响，转过身看到又一艘新的轮船停靠在了码头。那是"北极熊号"破冰船。我知道海达路德轮船一般都叫这样的名字，而且它们也不会在这个时间航行到这里，因为每天只有两班海达路德轮船会在这附近的海岸停靠，一艘向北航行，另一艘向南航行。但是这艘船停在了码头上，上面印有海达路德轮船的标志，就像是舰队中的其他船只一样。

吊桥放了下来，但是没有人从船上登岸，岸上的人也没有登船。所有的人都在大街上。这时，我瞥到了玛丽安娜和斯维勒，他们正在往船上走，因为他们之前错过了飞机。我从人们的对话中听到了很多信息，诸如"没有人能够说清楚'大爆炸'究竟是什么""创意时刻"和"三叶虫时代"等内容。我还听到了一些关于五六千年之前印欧语的一些有趣的特征的话题，还有很多很好的例子，而这些内容一直流传在整片印欧地区：我、你、二、多、心脏、暖、女。这些继承词汇已经上升到了一个更高的单位，并合并成了一个有意义的内容。

我怕自己被留在斯沃尔瓦尔，或是被遗弃。很快的，我就变成了唯一留在广场上的人。这座城市已经被清空了，街道上没有人，餐厅里或门廊上也没有人。我别无选择，只能也登上"北极熊号"。我觉得这个名字没有登记在册，很有可能是伪造出来的船。

我最后看了一眼罗弗敦城，这里已经空无一人，仿佛刚刚经历了瘟疫的袭击。

船上，人们三五成群地聚在一起，分别在露天甲板、咖啡厅、餐厅、图书馆、酒吧和顶层露台上面待着。他们在我周围聊着天。他们谈论的话题无所不含，从天体物理聊到进化生物学，还有一些日常的生活琐碎。有些人在打牌、玩填字游戏和数独。

我继续熟悉着这艘船。在走廊上，两名年轻女士经过我的身边，她们手挽手肩并肩，我认出她们都是我的学生，但不是同一年入学的。看到她们这么挽在一起有点儿奇怪。这两个女孩儿都穿着夏天的裙子，一黄一蓝，看起来就像是一朵串联在一起的花，具体来说更像是一种名为"继母花"的花，也被称为"日与夜花"。

"雅各布！"其中一个女孩儿看到我后喊了一声。她是安妮。另外一个女孩儿则叫道："佩勒！"她叫布丽特。我以前曾经把佩勒作为教辅材料使用过，为了鼓励学生能够复习新挪威语的语法内容。

她们都有一双明亮的蓝眼睛，仿佛来自另外一个世界，浑身散发着一种超自然的光芒。一个女孩儿微笑着说："您今天要教给我们什么？"另外一个则说："我希望是一些有远见的东西。"

于是，我向她们讲述了关于印欧语中词根*weid-的故事，它是

"看"的意思，在印欧地区的很多地方都有使用，例如希腊语中的 idea（想法）和 eidos（文化表相）这两个词，它们表示外观或可见的形式，还有外来词 idé（想法），以及 ideell（理想的）和 idealisme（理想主义）。拉丁语中的 videre，也是"看"的意思，由它产生了 visjon（愿景）和 visjonær（远见卓识）。

我又用拉丁语补充说："quod erat demonstrandum！（这将被证明！）"

她说她想要学习有远见的东西，但我没有受到影响，而是接着说："当你'看到'什么东西的时候，你是有意识的。'看'这个词源于印欧语词根中的*weid，它的意思是'看'，'看到'是它的完成时。在梵语中为 veda，这是以前圣文的名字；在丹麦语中是 vide（知道）；挪威语中是 vite（知道），还有相关的词汇 vis（智慧）和 vise（展示），以及 vett（才智）和 vittig（机智的）；在德语中是 wissen（知道），还有 Wissenschaft（科学）；在英语中是 wisdom（智慧）、wizard（巫师），等等。"

我冲着她们点了点头，继续在甲板上走。我想要一根拐杖。我现在所处的甲板环境，非常适合拄上一根细细的拐杖。

我听到身后的年轻女士说："他已经离开了我的脑海。"

另一个人回答说："或许他已经被自己的智慧淹没了。"

"北极熊号"继续行进着，它沿着罗弗敦群山的边沿一直向西南航行。在莫斯肯岛的南边，"北极熊号"改变方向，开始朝着西边的公海行驶。我们经过了那个传说中的莫斯肯斯特罗门海峡①。经过它时，船体不停地晃动，船上的瓶子和咖啡杯就像是在一艘汽车渡轮上一样不停地震颤，一直持续到轮船驶离它附近，来到挪威海上。挪威海一片风平浪静，我从未见过这么安静的海洋。我们并非在向夕阳行驶，因为太阳不会西沉，它一直保持在船舷的北侧。太阳跳着它360度的山妖舞步，继续在这个一天二十四小时的夏日里翩翩起舞。

我走在熙熙攘攘的甲板上，周围人群的对话从不曾停下，而我也开始引起了一些旅客的注意。玛丽安娜和斯维勒这时才发现，我也在这艘船上。他们俩正坐在一间全景休息室里喝红酒，玛丽安娜的头发上面戴着一朵法兰西菊花。我们彼此点头示意，但我没有走上他们所在的阳光甲板。

我在这里看到了乔恩。他穿着他的那件旧阿富汗皮衣，如同他以前在皇宫花园一样，被一大群穿着五颜六色长袍的年轻人包围着。

他也看见了我，我的手里举着一根点燃的香烟。他冲着我眨了眨眼睛，但并不是像我们昨天才刚刚见过面那样，这一次，我们已经许久未见了。这么多年过去了，但时间和空间并不是绝对的，在时空的走廊里充满了各种交汇。我想起了二十世纪七十年代的乔恩，当时他刚刚读了阿道司·赫胥黎②的《知觉之门》和亚瑟·库斯勒③的《巧合的根源》。

---

① 莫斯肯斯特罗门海峡：Mokstraumen，即"迈尔海峡"，位于挪威，被称为"地球最强水漩涡"。
② 阿道司·赫胥黎：Aldous Huxley，英格兰作家，属于著名的赫胥黎家族。
③ 亚瑟·库斯勒：Arthur Koestler，匈牙利犹太裔英国作家、记者和批评家。

我并不认为这是什么自相矛盾的事情，因为我刚刚在几个小时之前才参加了乔恩的葬礼。有些人还活着，有些人已经死了，事情就是这样。但是，在那些还活着的人与已经望见了山峰另一边和离开的人之间并没有什么严格的区别。因为整个世代不会全部衰落，正如群山不会全部沉入大海而形成巨大的洪水让我们全都瞬间淹没一样。我们会单独而孤寂地死去，一般是在家中的卧室内，躺在我们自己的枕头上。之后，关于我们的记忆和故事则会继续存在于一个个的小故事中，随着时间的流转渐渐消失，或是流传下去。

生与死之间并没有本质的区别。人类的另一种不同则更加重要。毕竟，绝大多数活着或死去的人都拥有过彼此，或是曾经拥有过彼此，通常是两种情况都有，特别是有家庭和朋友的人。我自己则经历过作为"局外人"和"圈外人"的感受。在"北极熊号"的甲板上，我就是一个盲人乘客。我不是这个社会网中还活着的那个群体中的一部分，而这仅仅是由于那个飞机上的年轻女子曾经抚摸过我的手臂。

我现在还可以闻到乔恩身上常带的那种发甜的水烟味儿。我在想你，阿格尼丝。你是对的。我必须停止依赖他人。现在，我必须明白，我不再是一个愿意成为别人生活中的不速之客的人了。

我开始在船上四处走动，从这一头走到那一头，一开始有些漫无目的，但之后变得越来越"系统"，我要从上往下溜达。

在顶层甲板的酒吧里，埃里克·伦丁教授站在那里谈论着关于奥丁的神话传说："虽然北欧之外也有神的名字，但是我们获得的信息来源不允许我们将奥丁看作除了真正的北欧神之外的什么人……什么东西一旦变成了原创的，就很快会产生一个卑俗化现象，例如会有人要将这种现象放入法国语言学家乔治·杜梅泽尔的一个表格内……"

安德丽娜·西格吕德坐在图书馆里，她身穿出租车司机的制服，正在为她的《后座轶事》的读者朗读这本书。所有听众都面带微笑，作者描写的很多场景都让他们感到似曾相识，很有共鸣。

我走到第五层甲板上的咖啡厅，在那里看到了伦丁家的表兄妹，他们正坐在一起进行着秘密的对话。伊娃抬头看到我，用两根手指朝我挥了挥，然后转过身恢复了刚刚的谈话。我听到她在说："高潮，是的，就是这样！"

之后，我很快来到了一个挤满了人的小会议室。无论是这里还是船上其他地方，没有人是灰暗的。相反，每一个人都闪耀着人性的光辉，他们身上的光甚至让我的眼睛感到有些疼痛。我发现他们中的大部分人都是我曾经参加过的葬礼的主人公。因此，当我经过他们身边的时候，他们才会和我点头致意。但是我还看到了一些像是电脑里的二维图像的人。

在讲台之前站着鲁纳尔·弗里莱，他正在用PPT做一个报告，关于五十年代的美国电影和音乐剧。鲁纳尔高度赞扬了多丽丝·戴，她是那时知名的歌手兼演员。他好像认识她本人的样子。他说这位昔日巨星曾是他的一个亲密朋友。

周围人的话让我感到有些不安。我开始在船上不停地走。我在找寻什么东西。这时我意识到，我所在的这艘船，本身是无限的。我想找的一切都与它共存。

这时，所有甲板上的人都拥了出来。我又遇到了一个我从来都没有见过的来自奥尔和哈灵达尔老家的人。在第八层甲板的酒吧里，我看到了我的母亲，她和另外几名女性坐在一起。她看到我时并不惊讶，只是冲我眨了眨眼。

在散步甲板上站着我的父亲和另外几个人，还有一些渔民正在钓鱼。他没有发现我，我也没有主动去打扰他，我们之间可能存在着界限。

我突然想到，如果全世界的人都在这艘船上，或者是那些我曾经遇见过的人都在这里，你肯定也会在。我试图进行逻辑推理，为了能够找到你。我认为你不会和很多人混在一起。或许你会待在船舷附近，从那里可以看到船调转方向。

我知道沿散步甲板走会经过所有的小房间，一直往前走会来到一个狭窄的船舱门口，就在船舷前。我果真在那里找到了你。你没有因为我突然安静地出现在你身边而感到惊讶。我感到了来自你的期待和欢迎。

海面依然很平静，就像大海也死去了一般，但太阳则在夏季的夜晚拥有双重优势。阳光将空气晒得非常热。

你将一只手放在了我的前臂上。但是我什么都感觉不到。你试着捏了捏我，但我还是没有感觉。

阿格尼丝，我对你说，或许我只是这样想了想。

你看着我微笑。我们俩一同感觉到这艘船离开了水面。它飘浮到了空气中。但它在继续朝着西方航行。

阿格尼丝，我又说了一遍。你觉得我们能够将自己从这趟死亡航行中解脱出来，找到一条生路吗？

阿格尼丝

一阵敲门声和门铃声将我从梦中惊醒。我正身处带有两个房间和厨房的饭店套房中。

我刚刚是做梦了吗？我是一直在笔记本电脑上面写作，写着写着才倒在床上睡着的吗？

我朝着狭窄的窗户望去，看到了窗前的一个空威士忌酒瓶，窗外远处是高耸着的群山。我已经想不起来那个空瓶是怎么跑到窗前去的了。

我又看了一眼佩勒，他看上去总是那么开心。他现在正坐在窗边，靠在那个空酒瓶旁边，就像是它的孪生兄弟一般。

我的身体刚刚在大海中经历了一场死亡航行。在航行的最后，我站到了"北极熊号"的船舷上。我转过身，问你我是否能够从这趟航行中逃离出来。

我听到有人在敲门，有人在呼喊我的名字，我觉得那是你的声音。

或者，我现在仍然身处那艘梦幻中的轮船上？那我一定要住在皇家船舱里。

我从床上坐起来，穿着饭店的浴袍，走过地板，打开门来到外面的走廊上。你就站在我的面前。阿格尼丝。在斯沃尔瓦尔，在罗弗敦群岛！我一时间反应不过来究竟发生了什么，只能愣在那里。

我最后一次见到你，是在几个月前从阿伦达尔回家的车上。当时，我们已经很久都没有联系过了。但是我一直都想着你，那次在咖啡厅，我建议说要给你写信，来说明我会出现在你姐姐的教区的原因，而不想在回奥斯陆的路上过多地谈及这个话题。我觉得这个话题太沉重。一切都发生得太突然。我需要更多的距离和时间来思考。另外，还有一个原因：因为当时是我在开车，我不想让佩勒来替我说话。

看到你出现在这里，你知道我有多么的吃惊吗？你开口说的第一件事，就是你是来看佩勒的。然后，你在一片混乱中解释说，出现在这里并非巧合。

玛丽安娜和斯维勒已经搭乘出租车离开了斯沃尔瓦尔。玛丽安娜给家人打电话的时候提到了在这里见到了真名为雅各布的佩勒，他是她在二十世纪七十年代嬉皮士运动期间认识的一个朋友。而且他还要在斯沃尔瓦尔多待几天进行写作。

于是，特鲁尔斯毫不犹豫地打电话给你。他知道你如果还没有返回奥斯陆的话，应该也还待在罗弗敦群岛。但是当他打给你的时候，你正在距离斯沃尔瓦尔几公里之外的斯塔姆松德。当时，你计划在那里搭乘去往南方的海达路德轮船回家。如果你真的这样做了，那真是这个故事里最令人郁闷的事。两个认识的人能够在午夜太阳位于最高调的时候在罗弗敦群岛不期而遇，这是多么令人惊喜的一件事啊。而我自己的想象力实在有限，也不可能有机会体验这种命运一般的相逢。那天晚些时候，你告诉我，关于你想再次见到我的这件事，在你家里已经不是什么秘密了。而且伊娃也和你说了几周前在维斯比见到我的事。但你为什么会来斯沃尔瓦尔呢？还有斯塔姆松德？你暂时还不想提。无论如何，你现在就在这里。你正面对着一个充满活力的灵魂，即便你很快就说，你是来见佩勒的，而不是见我。我不知道该如何说明才不会出错。但是，我不想承认他现在的存在。你之前和我说过会再和他见面。但是佩勒，我最好的朋友，眼下他成为了我的"对手"。

你走到窗边将他捡起，没有碰到他旁边的空酒瓶。然后你将他递给我，我习惯性地将他放到手臂上。佩勒就立刻开口说话了。就像是把一袋子的豌豆给倒出来了一样，噼里啪啦讲个不停。

我几乎可以确定，在现在这种醉酒的情况下，我肯定会说错话。我在这个情况下明白了佛教中"苦难"一词的字面意思，它的梵语是duhkha，就像是一个坏了的轮子或轮毂。这就是我现在的感觉。我有一个坏了的轴。

因此，有佩勒来进行对谈让我松了一口气。我很幸运，能够有这样一个时刻保持清醒的代理人。佩勒从不会宿醉。他滴酒不沾。因此，他可以清楚地表达自己的想法。

他说："阿格尼丝，再见到你很高兴！"

你马上大笑了起来，看起来很高兴。你回答说："我也很高兴！"

现在，佩勒将上次在阿伦达尔没说完的话题重新拾起，他以不可阻挡的势头说起来："我们上次见面的时候，你说你没有结婚。是吗？你的感情生活现在怎么样？你有男朋友吗？"

你摇了摇头，我看到你脸上露出了有些悲伤的表情。但是你没有回答。

"你结过婚吗？"你又摇了摇头，然后说："或许我其实结婚了……"

他一下子抓住你的手腕，摇晃着问："你们从来都没有离婚？你们只是分开了？"然后，你第三次地摇了摇头，我觉得我看出了你的痛苦。佩勒提的问题，你一个都没有明确地回答。佩勒接着说："阿格尼丝，给我讲讲你的故事吧！"他的话传达出了我的心愿。我们坐在床边，你坐在我的右边，佩勒在我的左臂上。你看着佩勒的眼睛，开始了自己的讲述。你告诉我，你曾在很多年前嫁给了马克，你们之前一直生活在一起，他是一名考古学家，在马略卡岛的索列尔市工作。你则是一名精神科医生，在奥斯陆工作。你会在假期及周末的时候去马略卡岛，或者是他在放假和周末的时候来奥斯陆。

几年前的5月11日，马克离开了你。当时正是索列尔市的"摩尔人和基督徒节"期间，该节日是为了纪念信仰基督教的马略卡人战胜了北非的海盗，或者说是摩尔人，即穆斯林，这一历史可以追溯至1561年。节日期间，城里所有的大人小孩都必须参加，需要身着民族服装。很多人在脸上涂了颜色，穿着宽大的裤子，手持利剑，来扮演海盗。他们一大早就要开始接受啤酒箱和眼镜盒的洗礼，之后还会有更大的"炸弹"。那一整天里，当地人都要在索列尔市的各个港口间来回跑，或者沿着铁轨行进。"摩尔人"和"基督教徒"之间的斗争会在当天中午爆发……

关于这一节日的更多信息我在这里不再赘述。但是，就在这一紧张而喧嚣的氛围中，马克离开了你。你花了好几个小时去找他，却再也没有见到他。

佩勒表现得很冷静。你讲了很久，他一直没有打断你的话。讲到这里，他提出了第一个问题："你们有手机吧？你没有试着给他打电话吗？"

"我当然打了！我一直在给他打电话。"我感到自己的手腕被握得很紧。"你没有向警方报告他失踪的消息吗？当天没有巡逻的警察？没有人能帮你找到他吗？"

你笑了出来，阿格尼丝。或许应该写得再戏剧化一些。你说："报了，那座城市的警察都和乌龟似的，我从一个派出所跑到另一个派出所。他们觉得我疯了。我的加泰罗尼亚语说得很好，但他们还是把我当成一个疯了的游客。"

"为什么？""因为当天人太多了，到处都很紧张。你试想一下，如果有人在挪威国庆日当天在卡尔约翰大街上与同伴失联，或者是在圣彼得复活节星期天……"

"后来呢？庆典最后总会结束吧。""他没有出现。我们住在市里面一处小公寓里，但是他没有回家。那天夜里他也没有回家。后来的每一分、每一秒、每一个合理的不合理的时刻，他都没有回家。马克不会回家了。"

在这一刻，我觉得佩勒是个冷酷无情的人，因为他在这个情况下还在不合时宜地进行推理。

他说："他一定是利用这种人群集会的机会来甩掉你的。现在，他可能生活在澳大利亚或是拉丁美洲，还有了一个新的名字。你说你们过去几年一直没有生活在一起。他会不会在外面有人了？他会不会是为了另外一个女人跑掉了？"

你坐在那里盯着斯克林多先生看。我觉得你看上去像是头一次要对他发火。不过，这也只是我的猜想。

总体而言，佩勒是一个好男孩儿。他的问题在于过于直接，甚至有些粗鲁。他从来只会对别人说出他自己的想法，而不会照顾他人的感受。有的时候，我会怀疑他是否有阿斯伯格综合征①。

但是你没有回答，而他则继续问："警方调查也没有任何结果吗？"你点点头说："警方不想在节日期间来管这个案子。他们说：这个节日不是第一次延续多天了，而马克也不是第一个不愿意回家、躺在自己的床上睡觉的人。"佩勒说："他妈的。"

——————————

① 阿斯伯格综合征：该病属于孤独症谱系障碍或广泛性发育障碍，具有与孤独症同样的社会交往障碍，局限的兴趣和重复、刻板的活动方式。

他妈的？他竟然说脏话！佩勒居然还在接着骂："猪一样的警察！"

我觉得他这种说话方式只是为了安慰和他对话的这位女士。她接着说："马克其实在索列尔市有一定的名气。警察知道他是谁。他来自帕尔马，在那里进行一些非常重要的发掘工作。马略卡岛上已经有人类居住了上千年的时间，有腓尼基人、罗马人、汪达尔人①、摩尔人……"

佩勒好像又兴奋了起来，我感到他在我的手腕上晃动，因为特别用力，让我的手腕疼了很久。

他说："他有什么仇敌吗？"

阿格尼丝，你听到这话后笑了。你坐在那里低着头，看起来一下子年轻了二十岁。

佩勒没有放弃，继续说："会不会是有人绑架了他？"你盯着他的眼睛，坚定地说："是的！""那么绑架者的动机是什么？"你说："作为考古发掘团队的领导者，像马克这样的人会与周围的不同商业利益和建筑业发生各种冲突。一个古老的发夹的发现就可能让一间快要完工的酒店停工。实际上，马克曾经和我说过这样的问题。当然会有人利用这个机会来绑架他……"

你深深地吸了一口气，最后说："或者是暗杀他，当天的节日庆典烟火正好可以掩饰火药味和枪击声。当时索列尔港口发生了一场大的'战斗'，他就是在那之后失踪的。但是我们怎么都找不到他的任何痕

①　汪达尔人：四、五世纪时侵入罗马帝国的日耳曼民族。

迹。他的失踪一直无法解释。"

"但是至少进行了后续调查?""是的，后来警察进行了一次深入的专项调查，但是案件一直悬而不解。我怀疑调查人员得出了和你一样的结论。他们认为马克是被控制住了。而且在这起案件中还有一些消失的数字。因为马克和我已经在一起生活很多年了，所以我们之间还是有很紧密的联系的。"

我的左手腕突然有了一种很奇怪的感觉，我将之解释为佩勒与你的共情反应。

他说："你现在怎么想呢?"你看上去深思熟虑了一番，说："我现在不知道马克是死是活。我也不知道我现在是否还处在婚姻关系里。但我已经决定了，我不想和另一个人结婚。或许马克被关在一处不知名的牢房里。我永远都不能肯定他是否会回来。"

说完，你从床边站起来，走到窗前，望着西北方的山峰。出于某种原因，你用脚踢开了那个空威士忌酒瓶，但是它没有滚开多远就停了下来。你甚至不确定你的左脚是否有痛感，你也根本就没有低头看它。你的思绪不在这里。

我没有将佩勒从我的胳膊上取下，显然，他受到现在这个氛围的影响，一言不发。

之后，你又重新坐回了床边，佩勒没有等待，他立刻找到了新的话题。我觉得他想要表达自己的沮丧之情，但是他说："亲爱的女士，我想说，你可能现在还处在一段婚姻关系中。我相信你的话。"

你的脸上再次露出了笑容。你看着佩勒，用眼神打量他，猜测着他接下来会说什么。

他接着说："在你面前坐着一个诚实的男人，他现在一个人独自生活。他名叫雅各布，不需要牵着你的手到牧师面前宣誓。他只想在这段时间里为你提供一份很好的友情。如果那位考古学家再次从山妖的盒子里出现，或者是从泰坦巨人的灰烬中出现，你要相信自己的感觉，让他收拾好一切离开，再也不要出现。"

我想立刻把佩勒从我的手臂上拿下来，因为他说的话让我非常反感。但与此同时，我也在思考自己的欲望，这一次，我要为自己好好打算，忠实于我目前的生活阶段及未来的发展，因为我不再是一个年轻人了。你在进入我的房间之后，做了唯一一件合理的事情，将球重新踢回了我的半场。这是很有效的一招，若你非要问我的话。你冲着我点点头，然后再次对佩勒说："可是他也结过婚。他的故事是什么样的？"阿格尼丝，你的问题怎么这么直接？不过，这不是我想问你的。你问的是佩勒。这是完全不一样的，他至少和你一样直接。你们俩都这么直截了当，这对你们双方应该都有好处。佩勒看着你，我能感到自己的手腕处在剧烈的颤抖，但是我不知道他会如何回答这个问题。我只能暗自庆幸不用我来回答这个问题。

他说："典型的三角关系，小姐。她叫莱顿，手脚不干净。""手脚？""在他们结婚的头几年，我几乎一直是和香烟一起待在抽屉里的……""香烟？不，我不明白了。"

"不用放在心上。""是吗？""我一直和香烟盒一起，住在一个巨大的衣柜的最里面。只有在莱顿不在家的时候，他才能把我从衣柜里拿出来，和我稍微聊几句。那是一段漫长的岁月。"

你笑了，阿格尼丝。

"我明白了。但是你说这位女士'手脚不干净'。"

"是的，我是这么说的。那是他的衣柜，所有的抽屉也是属于他自己的。在每一段婚姻中，都必须允许一定量的最低限度的隐私存在。但是和他结婚的这个女人，她的手脚不干净，到处乱翻。有一天，她竟然发现了我和香烟，我们当时被很好地包裹在一件男士内衣里，藏在衣柜深处。这就是我说她手脚不干净的原因。"

"当她发现你的时候，她有什么反应？"

"她一下子就爆发了。当坐在你旁边的这位先生从单位回到家里的时候，他在门厅见到了莱顿。她愤怒地抓着我，露出了一个痛苦的表情，然后用惩罚性的动作甩动我。她想让雅各布为我的'潜伏'负责任。"

"他是怎么做的？"

"他还有什么选择吗？他将我紧紧地抱住，让我能够有机会把这种痛苦的局面说出来。从现在起，就不是只有两个人住在这个公寓里了，而是我们三个人。"

你的脸上露出了一个很大的微笑。不难看出，你对他很同情。你说："后来发生了什么？你让她冷静下来了吗？""当然没有，我亲爱的小姐！我尽可能地好好与她沟通，但是她除了愤怒，根本无法沟通。

我已经极尽所能地赞美和吹捧她了。我说她的眼睛就像是两颗明亮的宝石，我崇拜它们，它们像天空中的星星一样闪闪发光。根本就无济于事。她最鄙视的是我的声音，她觉得这是雅各布的变声，但事情并不是这样，我有自己的声音，而且我的声音一直没有变化。在那位女士爆发了风暴一般的愤怒后，她最后把我从他的手臂上抓下来扔了出去。她说要把我扔进垃圾箱。"最后的这件事让你印象深刻，阿格尼丝，你吃了一惊，把手放在了嘴边，捂住了嘴巴。佩勒冲着我点了点头继续说："但是，这位绅士为了我求她。他说我从他幼时就和他生活在一起，所以最后他只被允许将我放回到衣柜里去，然后保证再也不会把我拿出来。"

　　我的手臂感到疲惫，状态也不是很好。因此，我把斯克林多先生从手上取了下来，放到床上。

　　你对我说，你刚刚看了一出木偶戏。我觉得你话中有话，但不知道究竟是什么意思。你还说，莱顿应该是一个不太自信的人，这也是她不能够接受手偶的原因。你说的最后一点我同意。莱顿其实性格很好，但是她的自我感觉确实不太好。你当然可以从心理学的角度来评论这一点。之后，我们俩坐在一起，完全放下了戒备心。我们回到了赛场上，但是佩勒已经不在场上了。我想要和你说一些事，但是我的脑海中千头万绪，不知从哪儿开始说起。很奇怪，有的时候，人的嘴巴会跟不上脑子反应的速度。我思考着我笔记本电脑里写的一切，里面的整个故事都是为你而写，但是里面也有关于你的内容，阿格尼丝，你还没有读过我写的内容。我和你现在竟然并肩坐在罗弗敦群岛的一张床边，这件事情是不是太有趣了？是我和你啊！这间房间里只有这张大床，没有其他的家具。在这个房间里，本来还有一张沙发床，可以用来加床位。

最终还是你打破了沉默。你站起来，对着佩勒说"无价之宝"。你提醒他说，你是来拜访的，而你还有自己的生活，还有马克要等。而他已经失踪八年了。

你走到窗边，背对着我，告诉我你为什么会来罗弗敦群岛。因为之前特鲁尔斯给你打了一个电话，当时你在斯塔姆松德访问位于诺德兰郡的一个人物剧院。你觉得在罗弗敦群岛的一个小渔村里发现了一个很好的木偶剧院是件非常值得关注的事情。

我想起了我们之前在阿伦达尔见面时，你提到过一个木偶剧院。这是你和海洋学家在学习期间熟悉彼此的一个方法。你们一起成立了"皮诺曹——学生会木偶剧院"。

你说你或许可以为佩勒制订一些计划，因为你很清楚我一定会参与其中。你说，这不是两三句话就能简单说清的事情，所以你需要更多的时间来介绍。不过，这件事必须尽快决定。因此，你才会在斯塔姆松德住了一晚上之后就坐上来斯沃尔瓦尔的出租车。

你转过身来面向我。你说你可能需要洗个澡。我觉得我该拿一瓶威士忌出来。

在这句不言自明的暗语中，你补充说："我可以在这里待到明天早上吗？这座城市里现在没有其他的空的饭店房间了。"

我不知道我当时是用怎样的声音回答的你，或者我只是点了点头。不过，我先去洗了个澡，然后你走进了浴室，就像是走进咖啡馆里给自己点了一杯咖啡和一个面包卷一样自然。你说你好像已经在这里住了一段时间了。

还有一些你没有说，但我后来很快就明白了的事情，那就是你为佩勒制订的可能的"计划"，完全取决于我们今天见面的结果。我有一种感觉，那就是我可能得参加一个"考试"，考生只有我，佩勒不用参加，因为他已经通过了。

我在洗澡的时候明白了，这场考试已经开始，但是当夜的那次考试成绩不够理想。

我在哈灵达尔高中和奥斯陆大学求学时，一直都能够取得很好的成绩。毫无疑问，我是一个好学生，用拉丁语说，是 prae céteris，即"优于他人"。但我并非总能通过"人生学校"的考试。

我们聊天的时候商量说要一起出去散步，这是我们中一个人提出来的，因为两个人在走路的时候更容易做出明智的决定，它会比面对面坐着要好。我补充说，这种做法对佩勒来说不起作用，他反正一直都待在我的胳膊上。

不一会儿，我就沿着 10 号高速公路重新走上了自行车和行人道上，我想向你介绍罗弗敦大教堂，然后打算请你在卡贝尔湾吃午饭。

今天，路上没有人身着黑衣。我认为与你一同走路是一种福气，阿格尼丝。你坚持认为应该让佩勒加入我们，但他现在躺在我的黑书包里。你要求了很多次，说想和他对话。等我们俩聊完之后就可以。很难说清，你与佩勒之间是否有比我们俩之前更好的化学反应。显然我在关注这件事。

佩勒一直都生活在阳光的世界里，虽然我有时会发现自己处在阴影中。但是我觉得我也有阳光的一面，因为我已经有佩勒了。

我们首先聊了玛丽安娜和斯维勒，因为他们前一天曾经参加过一个朋友的葬礼。

你问："那个人也是你的朋友吗？"我确认了你的疑问，但是你没有停下来，接着问："你真的认识他吗？"我强调了两遍说："是的，认识，是的，认识。我们四个都互相认识，玛丽安娜、斯维勒、乔恩和我。"然后，我讲述了关于乔恩的故事。乔恩的家在这里，这是我以前没有说起过的内容。当我们通过一个路牌时，那个路牌指向通往斯克洛瓦码头的一条路，过了桥之后可以在码头上坐渡轮。我说，乔恩就来自那里的一个渔村。

自从你差不多三年前来到伦丁家族起，你就知道玛丽安娜和斯维勒曾经做过嬉皮士，参与过嬉皮士运动。

但是，你从来都没有听说过乔恩，直到特鲁尔斯前天晚上给你打了那通电话。你现在可以从我这里了解关于这个故事的最后一部分内容。几天之后，乔恩的死讯被刊登在了《晚邮报》上。伊娃来到了童年生活过的位于贝尔格的家。当时，只有玛丽安娜在家。在那份讣告旁边还放着几张二十世纪六十年代末的有些泛黄了的报纸照片，其中一张照片上面是玛丽安娜和乔恩，他们站在人群的最前面。伊娃一看到这张照片，就立刻跑出去找她母亲："这就是我的生父！"但是当她拿起那份讣告时，她捂住自己的嘴巴，激动地说，"他已经死了吗?"

玛丽安娜没有试图质疑伊娃的说法。她们俩人一起在花园里坐了很久。斯维勒回到家里的时候，伊娃立刻扑到他怀里失声痛哭。

我把我知道的都告诉了你，我们沿着欧洲公路漫步了很久。我希望你在未来的某一天能够阅读我写的故事。我还没有决定是否应该现在就让你看一些内容。到目前为止，我并不觉得自己写了一本关于自己优点的书。在过去的几天里，我意识到，这些内容在写给你的同时，也是在写给我自己。

如果你还记得的话，我们还谈了很多的问题。我们还坐在路边，让你可以和佩勒交谈。我还记得你当时突然爆发出了一阵大笑，惊飞了旁边的一群海鸥。

我带你去看了罗弗敦大教堂，然后我们穿过马路，去了教堂后面的墓地，祭拜乔恩的坟墓。在他的墓碑上面只有"乔纳斯·斯克洛瓦"这个名字，还有他的出生日期和去世日期。墓碑旁的花还很新鲜。

我和你讲述了乔恩的最后遗言，还有下葬后牧师朗读它的经过。我觉得它应该给你留下了一定的印象。

我把佩勒从书包里取出，放在一个十字架上。我觉得我不能离开他。我讲述了乔恩见到佩勒后和他聊了很长时间的事情。当时他正在看葛吉夫、凯斯特勒和赫胥黎，而现在他重新回到了罗弗敦群岛，这里有他最后停留的山坡。

你又想和佩勒说话了，而且比之前更迫切，这让我感到有些嫉妒。

我们坐在墓园的草地上，我又想起了乔恩、斯维勒和玛丽安娜。昨日的他们就如同今天的我们，都是"三人行"，而这一切已经过去四十多年了。斯维勒背叛了他最好的朋友，抢走了他的女朋友。但玛丽安娜也背叛了他。

我从未想过会有这样的一天，这样坐在乔恩的坟墓前。佩勒后来说出了羞耻和内疚的感觉，你和他聊了很多，而且俩人都直言不讳。我也可以在写作时冷酷无情，这对佩勒来说不难，但对我来说则不容易。

佩勒试着撮合我们俩——他用易卜生式的方法，把我们两个如将沉之船的人放在一起，让我们必须直面彼此——他的关心让人感动，但是你看上去却不为所动。你说，雅各布，很高兴再次见到你，但是你并没有给我任何虚假的希望。

你解释说，有时，演员会比自己的角色更入戏。一件艺术品当然可以比它所表现的主题更加崇高，任何艺术品都可以超越它的所有者。

不过，无论如何，所有者也应该得到一份赞誉。

　　在这一点上，佩勒和你倒是很投缘。你会时不时地看他几眼，并把手放到我的右膝盖上。我们就如同两个"花儿"一样，在乔恩墓前的草地上坐了很久。我记得我们在阿伦达尔的那次谈话，也发生了同样的情况。当时我在开车，把手放在手挡上，而你把手放在了我的手上，大约有一秒钟的时间。我很难忘记这件事。

　　我们把佩勒重新放回书包里，然后沿着公墓走回欧洲公路上，一直走到了卡贝尔湾，因为我们计划在那里吃午饭。你昨天晚上只睡了一会儿，因为你还没有适应这种夜晚的阳光。不过我睡得很好，所以我们就商量说到这里来吃午饭，或者说是午晚餐。另外，我们也在我住的饭店给你安排了一个房间，就在我房间的旁边。

　　我们在路上走的时候，我想起了我过去几年里曾经思考过的很多事情。最后，我问你，虽然我不像佩勒那样直接。我问你为什么在巴克克鲁恩留住我，那时你还不曾见过佩勒。

　　你微笑了，我不明白这个笑容的意思。不过你向我解释了一下。

　　你告诉我，在那次追悼会上，你被我成为我自己之外的人的巨大能力所折服，而且从某种程度上来说，我已经超越了自己。你说我当时以西西莉朋友的角色出现在那里，说了很多让人惊讶的话。而后来在从阿伦达尔回家的路上，你在车上让我告诉你关于西西莉更多的徒步旅行的事情，其实是希望我再次变成那个你记忆中喜欢的角色，那是我的另一面——就像是佩勒，或者像是西西莉的旅游伴侣一样，这也是那天你选择会和我一块回奥斯陆的原因。

这个问题我们聊了很久。你说你回到巴克克鲁恩住是因为你想要更好地认识我，了解我，或者是更近距离地观察我。同时，作为一名心理治疗师，你也希望有机会和我多一些交谈。在从阿伦达尔回家的路上，你通过佩勒更加深入地认识了我。我们之间有一种有趣的"复杂感"。是的，你说是"复杂感"。

还有一件事。在安德雷亚斯的追悼会之后，也是你遇见佩勒之前，你救了我，让我没有丢脸。而且，我们俩还一起走到了南部的村庄。

当我提到这件事时，你又笑了。你说你会"救我"的原因，是因为你当时明白，我其实把自己画在了一个角落里。

任何事物都有它自己的时间，《传道书》中是这么写的。现在，是否认的时机。

我觉得这是一种循环。

我们俩翻过最后一座山坡，来到了卡贝尔湾。我过了很糟糕的一天，因此，觉得不太想说话了。你说你也很累了。不过，在我看来，按照佩勒的话来说，现在正是能够与你自由交谈的好时机。

我试着去思考你说过的话。但我发现自己是个胆小而苍白的傀儡，只是那个漂亮男人的影子。没有斯克林多先生，我就像是没有土壤的玫瑰丛。没有肥料就没有玫瑰花，事情就是这样。

我想到之前曾经写过关于玫瑰的内容。我曾如花儿一般，当时我正指着皇宫花园下的一丛玫瑰，说了《奥义书》里的一句话："Tat tvam asi。"意思就是："那就是你！"

我一直宣称佩勒和我是完全不同的两个人，而且我一直在小心翼翼地强调佩勒的自主权。但是，基于"二元论"的哲学观点，这完全是我自己的观点，如果我把佩勒放在自己的胳膊上，用一根手指指着他，说他就是我，那他就是我。在最为深刻的角度上来说，佩勒就是我，我就是佩勒，我们都生活在同一个世界里，呼吸和思考。但是，根据吠檀多①的哲学原则来看，"二元论"和"非二"则变得很难理解。如果佩勒不是我的话，我也不是佩勒，只能依靠一种幻象、奇迹和玛雅②。

我不知道我的想法是否能够说服你。我只是想要尝试一次，但我很怀疑自己是否会成功。

你只见到了玫瑰，但未曾见到玫瑰生长的原因。你只看到了我手臂上的手偶，但没有看到手偶师的眼睛。

---

① 吠檀多：印度六派哲学中最有势力的一派。"吠檀多"意为《吠陀》之终极，原指《吠陀》末尾所说的《奥义书》，其后逐渐被广义地解释为研究祖述《奥义书》教理的典籍，后来甚至成为教派的名称。

② 玛雅：māyā，字面意义上的"幻觉"或"魔力"，在印度哲学中具有多重含义，取决于上下文。在古代吠陀文学中，"玛雅"字面意思是"非凡的力量和智慧"。

我们坐在位于卡贝尔湾广场一个舒服的室外餐厅里，点了食物和葡萄酒。我知道我今天下午通过了一次"非正式考试"，我也知道它意味着什么。

你说一直在进行木偶剧院的工作。在一些治疗中，你会使用手偶。现在，你想要佩勒和我去斯洛伐克的一个木偶戏剧节上表演。你从斯塔姆松德来到这里见我和佩勒就是为了这件事，而且时间很紧。如果可以的话，我们明天一早就得出发，返回奥斯陆，然后后天从奥斯陆出发去布拉迪斯拉发。

你问我是否会说德语。几杯白葡萄酒下肚，我的双臂作出了一个手势，用德语说："Aber natürlich, geliebte Frau!（当然了，我心爱的姑娘!）"我觉得你喜欢我的这个样子。

你问我该如何对待佩勒。他也会说德语吗?

我哈哈大笑。我说佩勒的德语比我的要好很多。他不用思考就能脱口而出。格和连词都能够梦幻般自如地从他的口中流出。

我的好心情感染了你，我已经使你相信了我会说德语，但是我试着避免把佩勒放到我的胳膊上。因为我每次在格和情态动词上磕磕巴巴的时候，佩勒总会跳出来打断我，这让我很不高兴。

我们乘出租车回到斯沃尔瓦尔，而且气氛非常好。那几杯白葡萄酒已经愈合了昨天的威士忌带来的伤痛。你要求我今天不要把佩勒放回到书包里。

回到饭店后，你立刻回房间休息了。此时，你应该已经睡了好几个小时了。于是我将自己的笔记本电脑拿出来，继续完成我的故事。

　　阿格尼丝，现在轮到你了。当你阅读这些文字的时候，你就知道我是谁了。我决定让你明天早上醒来时能读到这些。我睡前完成的最后一件事，就是把这部"编年史"通过网络发送给你。

　　如果在你读完这些故事之后还觉得我可以的话，那我就愿意在后天加入你的斯洛伐克之旅。佩勒一直都很盼望这趟旅行。我觉得他是一个很幸运的人。作为一个手偶，能够有机会从霍尔的一个博物馆去到布拉迪斯拉发，这是多么难得啊。

　　佩勒向我保证，他会尽可能地好好表现。但是，正如你之前见过的，我不能代替他做出任何保证。如果不是这样的话，你也不会这么喜欢这个家伙吧。

　　你崇拜的是佩勒，不是我。不过关于这一点，我已经释怀了。这并没有什么错。我会为你们俩加油的。

（京权）图字01-2021-4341号

图书在版编目（CIP）数据

傀儡师 /（挪威）乔斯坦·贾德著；李菁菁译. -- 北京：作家出版社，2019.1（2022.3重印）

书名原文：DUKKEFØREREN

ISBN 978-7-5063-9948-7

Ⅰ.①傀… Ⅱ.①乔… ②李… Ⅲ.①长篇小说 – 挪威 – 现代 Ⅳ.①I533.45

中国版本图书馆CIP数据核字（2018）第051231号

傀儡师

作　　者：［挪威］乔斯坦·贾德

译　　者：李菁菁

责任编辑：陈晓帆　苏红雨

装帧设计：任凌云

出版发行：作家出版社有限公司

社　　址：北京农展馆南里10号　　邮　　编：100125

电话传真：86-10-65067186（发行中心及邮购部）

　　　　　86-10-65004079（总编室）

E-mail:zuojia@zuojia.net.cn

http://www.zuojiachubanshe.com

印　　刷：三河市北燕印装有限公司

成品尺寸：139×205

字　　数：159千

印　　张：8

印　　数：13001-16000

版　　次：2019年1月第1版

印　　次：2022年3月第3次印刷

ISBN　978-7-5063-9948-7

定　　价：36.00元

JOSTEIN GAARDER

苏 菲 的 世 界 系 列